U0362165

「牛牛的诗」姊妹书

小童醉诗中

（美）张元昕 等著

南开大学出版社

图书在版编目(CIP)数据

小童醉诗中 /(美)张元昕等著. —天津：南开大
学出版社，2017.6
("牛牛的诗"姊妹书)
ISBN 978-7-310-05391-9

Ⅰ.①小… Ⅱ.①张… Ⅲ.①儿童诗歌－诗集－美国
－现代 Ⅳ.①I712.82

中国版本图书馆 CIP 数据核字(2017)第 116942 号

南开大学出版社出版发行
出版人：刘立松

地址：天津市南开区卫津路 94 号　　邮政编码：300071
营销部电话：(022)23508339　23500755
营销部传真：(022)23508542　　邮购部电话：(022)60266518

*

天津市蓟县宏图印务有限公司印刷
全国各地新华书店经销

*

2017 年 6 月第 1 版　　2017 年 6 月第 1 次印刷
210×148 毫米　32 开本　7.625 印张　8 插页　215 千字

定价：30.00 元

如遇图书印装质量问题,请与本社营销部联系调换,电话:(022)23507125

总 目 录

第一部分　牛牛习作

第二部分 毛毛习作

殊胜因缘

——《小童醉诗中》序言

叶嘉莹

在南开大学最近为我修建的迦陵学舍的课堂中，悬有一副木刻的联语，上面题写的是"师弟因缘逾骨肉，书生志意托讴吟"。这是我九十岁生日时，学生们送给我的一副联语。我非常喜欢这副联语，因为它确实写出了我这一世的生活和志意。我自从1945年大学毕业，就开始了教书生涯，到现在已有七十多年。在这漫长的时间里，我所结下的师弟因缘，真可以说是难以计数。而在如此众多的因缘中，却有一段完全出乎我意料的，距离最远，而结缘则最久最深的，与其他诸因缘都有所不同的"殊胜因缘"。

原来，有一个诞生于美国纽约的华裔女孩，竟然自稚幼的童年，就从家庭的教养中培养出了对中国传统诗歌的浓厚兴趣。而这个女孩竟然在她只有九岁的时候，因为偶然看到电视台《大家》节目中，我讲课的录像，就引起了她的决志，要跟我学诗，而她的家人也竟然毫不犹疑地就答应了一个九岁的孩子的请求。

那是在2009年的春日，有一天我正在不列颠哥伦比亚大学（UBC）亚洲图书馆的一个研究室中工作时，约定的三位访客到来了，其中就有这个小名叫作"牛牛"的女孩，竟然由她的母亲陪伴着，远从美国东部的纽约，来到了加拿大西岸的温哥华，同来的还有一个小名叫作"毛毛"的牛牛的妹妹。第二天是周末，我就约了我的好友珍妮（施淑仪）陪同她们母女三人一同去游了温哥华的"中山公园"。一路上看到公园中的花草树木天光云影，我都会让牛牛试着背诵一些中国的诗句，而牛牛也居然可以应答如流，只不过她毕竟年纪尚幼，记忆力虽好，但对诗歌的平仄格律和内容意境则还不能完全有所认知。我觉得她是一个可造之材，就答应了她的请求，让她做了我的学生。其后我每天去图书馆工作时，就利用余暇给她讲一些诗歌的格律。十天后她们就回纽约了。但因珍妮告诉她们说暑期中我将利用周末，为温哥华爱好诗词的朋友们开班讲课，于是一放暑假，她们母女就又从纽约来到了温哥华，珍妮清理了她家地下室的一个房间给她们居住。每天我到图书馆看书写作，中午只吃自己带来的简单的三明治，她们母女三人竟然完全与我同作息，也是每天一早就来到图书馆中看书，而且在中午同样也是吃简单的三明治，只是她们不会错过任何向我学习的机会。到了周末，她们就一同来我的暑期诗词班中听讲。一个十一岁和一个九岁的小女孩随班听我给成年人讲授诗词，她们竟然似乎比一些成年人还有更多的体悟。于是第二年暑期，她们就又来听讲，牛牛的诗作与诗学有了很大的进步。

于是当她十三岁初中毕业时，我就想到天津曾经有一个女孩初中毕业就被推荐进了北京大学的前例，向陈洪先生提到了我的想法。陈先生经亲自观察后，同意了我的想法。而牛牛也果然因成绩优秀，以同等学力考入了南开大学的中文系。当时她虽然只是本科的学生，却总是在我的研究生班上随班听讲，因为她的好学用功，而且领悟力和记忆力都很好，四年的本科她只读了三年就毕业了。她从南开各门课的老师那里学到了不少基本的学识与治学的理论和方法。每年冬夏两季，她的母亲带着两个女儿来往于天津与纽约之间，多年如一日。如今牛牛已经从南开大学中文系毕业，拿到了学士学位，更进入了研究所，正在随我修读硕士学位。妹妹毛毛则在这几年中同时修满了天津南开中学和纽约美国中学的两边的中学课程，如今妹妹已被南开中学保送进入了南开大学，而妹妹选读的也同样是中文系。在这几年中，牛牛不仅写诗有了很大的进步，而且学会了填词和谱曲，她参加了2013 年的首届"诗词中国创作大赛"，在青少年组中，获得了特等奖。妹妹毛毛写诗也有了很大的进步，在2013 年同一届诗词大赛的青少年组中，获得了二等奖；其后在 2015 年第二届"诗词中国创作大赛"中，牛牛因为已得了特等奖而没有参加，毛毛又选出了几首诗词参加了青少年组的比赛，获得一个一等奖、两个二等奖。而且更为难得的是，她们姐妹二人竟然同时都立定了志愿，要向海外传播中华文化，要以她们原来在美国的成长背景，与在中国学习的体验，在中美之间为中国文化的传播搭建起一座融会中西的桥梁。

像这样的因缘遇合，在我教学七十年的经历中，可以说是从来未曾有过的。既有如此优秀的海外华裔的青年学子，更有如此不辞辛勤劳苦，带着两个女儿陪伴她们不远万里来求学的难得的母亲。如此诸多因缘之汇聚，当然是世上极为难得的遇合，所以称之曰"殊胜因缘"，其谁曰不宜。

（注：牛牛，学名张元昕；毛毛，学名张元明）

2016 年 6 月 25 日

（叶嘉莹，加拿大皇家学会院士，南开大学中华古典文化研究所所长，中央文史研究馆馆员。）

喜见小荷尖尖角

——《小童醉诗中》代序

陈　洪

　　我第一次见到牛牛，是在叶嘉莹先生的课堂上。记得那是一天下午，叶先生来电话，问我是否有兴趣晚上到她家听一次课。我很惊奇，询问缘故，叶先生讲，有个从美国来的小女孩，晚间来旁听，是个有意思的孩子。

　　叶先生的博士课程，通常是讲一半讨论一半。讨论开始之后，学生以及听蹭课的"叶粉"纷纷发言，大多是谈听讲的心得体会。忽然，一个略带稚气的声音插了进来："叶先生，我提两个问题，可以吗？"她提的是什么问题，现在已经记不清了，但是其单刀直入的风格，清晰的思维，当时令我大为惊讶。于是，就有了后来叶先生推荐，南开大学破格，牛牛以初中学历"跳级录取"的故事。

　　入学后，牛牛也时常来旁听我的博士课程，其求知的欲望和学习的能力给学兄学姐们留下了深刻印象。两年后，她再次"跳级"，成为叶先生的硕士研究生。

　　牛牛不仅学业优异，诗才更是出类拔萃。她原本就有深厚的家学渊源，到南开之后，经过几年里叶先生的亲炙，"如矿出金，如铅出银"，时时令人刮目相看。

　　难得的是，她绝不孤芳自赏，而是经常和同窗同好切磋琢磨，并把美妙的诗情词意播撒到南开园中。几年里，每到花季，南开园的海棠、蔷薇、红桃白李之上，都会有精致诗笺，书写历代咏花名作——

这就是牛牛和她的伙伴们的心血。

现在，牛牛的诗词集将要付梓，这实在是一件大好事。

相信青少年朋友会从中结识一位有才情、有修养，热心传播诗词文化，热心公益的好伙伴；

家长们会从中领悟培养孩子全面发展的真谛，领悟丰富多彩的诗词文化对于孩子成长的独特意义（附带说一句，牛牛的妹妹同样出类拔萃，今年已被南开中学保送升入南开大学）。

教育工作者会从中看到教育对象身上可能激发出的巨大潜能，看到教育教学改革的另一种可能性；

当然，最重要的是，所有中华诗词文化的爱好者，所有诗词创作的爱好者，会从这本书中得到一份美的享受，一份知音的惬意，一份初见"小荷才露尖尖角"的惊喜，以及强烈的"雏凤清音"的期许！

闻叶嘉莹先生将为牛牛的诗词集作序，故斗胆续貂，以明前后缘起。

丙申初夏于南开大学文学院

（陈洪，南开大学"南开讲席教授"，教育部中文教指委主任，天津市政府首席督学，天津市文联主席。）

牛牛自序

　　我生下来就是一个幸运的孩子。母亲怀我的时候，每一天都读一首古诗，在我出生之前，就把古人最美好、最真诚的东西融入了正在形成的生命里，让诗歌伴随着我的成长。出生之后，母亲读着"关关雎鸠"，哄着几个月大的我吃饭；我在学说话的同时就开始学诗了。四岁时，外祖父母从广州移居到纽约，在他们的教导下，我和妹妹开始系统地学诗。他们依照"浅、近、活、细、亲、类、教、纯"八大原则，从浩如烟海的中国古典诗词中选出了千余首诗，既能让四五岁的孩子理解，又能与大自然和生活相联系，用诗教陶冶我们幼小的性灵。后院的樱花树长出了新芽，就背早春的诗；樱花盛开的时候，就背仲春的诗；待到落花满地，就该背晚春的诗了。天长日久，在这个"诗性的桃花源"①里，我们的生活与古人的诗逐渐融为一体，成为他们的学生和朋友。当时我天真地认为，只要理解了诗的表层意思，就算是诗人的"知己"了，所以在我的心目中，杜甫、陆游、花蕊夫人等诗人都是我的"知己"，仿佛真的认识他们一样。我曾在睡梦中求白居易做我的老师，还和他一起去江州听琵琶女弹奏；稍大一点之后，还曾梦到自己和盛唐诸大诗人们坐在桃花林中讨论天下大事（见习作《宴桃园·宴桃园》词）。②如此，真可谓"小童醉诗中"了。

　　几年下来，我背了一千多首诗词，自己也创作了上千首诗词习作。2008 我十岁那年，上海文艺出版社出版了我的第一本习作《莲叶上的

---

① 《诗性的桃花源》是我的外祖母和舅父为《莲叶上的诗卷》写的后记，详细地记述了我们学诗的过程。
② 这样的例子还很多，可参看《莲叶上的诗卷》的前言。

诗卷》，共收录从 2003 年至 2007 年底的三百多首习作。当然那些都是不合格律的习作，内容也主要限于花木禽鸟等自然景物，很少写人世间的悲欢离合。可是那些幼稚的习作，确实体现了我对身边事物的一种纯真的关怀，天上的孤云、台阶下的枯草、甚至砖头缝中的小花，都能让我的心感动，并写入习作。我想，这应该是学诗所得到的最早体认。

在我九岁的时候，从电视的《大家》栏目里看到了迦陵师的专访节目，顿时为她的气质和学问所震撼。当时天真的我很想拜她为师，于是就给迦陵师写了一封信。没想到，迦陵师竟然回信了，并表示愿意见我们！2009 年 4 月纽约学校放春假时，妈妈带着我和妹妹专程去温哥华拜见迦陵师。第一次见面，迦陵师就教导我们要通过吟诵使自己的诗歌自然符合格律。我们很小的时候曾经学过格律，可是当我"卡住"写不出诗的时候，外祖父母就又"放绑"让我自然地写，以期达到"我手写我心"。迦陵师的教导，让我认识到诗的声韵之美，是诗歌非常重要的一部分，甚至可以说，诗歌的兴发感动的力量，在很大程度上是通过声音之美来传达的。从此，我开始致力于创作符合格律的古体诗词，2009 年 6 月以后的部分习作记录了这个转折的过程。

在第一次去温哥华的十天里，迦陵师手把手地教导我们，并收我和妹妹做学生，当时我十一岁，妹妹九岁。她一句一句地教我们吟诵，还跟我们讲了很多做人的道理，这些都给我留下了深刻的印象。2009 年暑假，我们第二次去温哥华，聆听了迦陵师《王国维人间词话问世百年的词学反思》的讲座，初步学习了词的发展历史与美感特质，迦陵师给我们布置了背诵《四书》的作业。2009 年的寒假，我们第一次到南开大学，旁听了迦陵师给博士生的课程，她让我们学习背诵《诗经》和《楚辞》。后来，2010 年的暑假，我们第三次去温哥华，不但聆听了迦陵师的词学讲座，进一步学习了北宋词，我也开始在词的创作上下更大的功夫。那一年，她教我们背诵《易经》八卦的口诀："乾三连，坤六断。离中虚，坎中满。震仰盂，艮覆碗。兑上缺，巽下断"，以及鲁国十二公的次序：隐桓庄闵僖文宣成襄昭定哀。迦陵师这次留给我们的作业，是背诵汉魏六朝诗和《古文观止》。在温哥华的两个暑假里，我们天天和迦陵师一起在不列颠哥伦比亚大学（UBC）的亚洲图书馆里看书，中午带着准备好的三明治和水果，与迦陵师在图书馆的地下室共进午餐，向她请教自己读书中遇到的问题。迦陵师对我们总是有新的要求，常常亲自批改我们的诗词习作，让我们不停地前进，更上层楼。温哥华的求学经历，给我们留下了很多美好的回忆。

　　2011 年，十三岁的我即将初中毕业，有心以同等学力直接报考南开大学中文系。迦陵师说她有例可援，多年前天津一个喜欢诗歌而且程度很好的女学生以初中毕业的资格被北京大学所录取。迦陵师亲自给南开大学写推荐信，希望学校予以考虑。在学校各位领导和老师们的帮助下，我有幸参加并通过了南开大学的入学考试，被南开大学文学院破格录取，得到了进一步跟随迦陵师学习的机会。在南开的五年中，我们每次都去听迦陵师给研究生开的课程，学习了杜甫《秋兴八首》等不朽的名篇，还学习了《诗经》《左传》《史记》等经典，以及司马迁的《报任安书》和庾信、王勃的骈文。上研究生以后，迦陵师开始要求我读近代西方文论，在课堂上做汇报。同时，在她的指导下，我也系统地学习了古诗的源流和圣贤的经典。陈洪先生的《周易与人生智慧》出版后，她也曾推荐我们读那本书。

　　我还受教于南开大学文学院的很多其他老师。陈先生给研究生开的课程，有《周易》《庄子》等儒道经典，也有明清小说。陈先生每次上课，都让我去旁听。通过陈先生的深入讲解和分析，以及各位学长的报告和陈先生对他们的评点与指导，我学到了很多读书与治学的方法。我还修习了古汉语、语音史、文献学、文字学、史料学、先秦诸子、经学、玄学、佛学、理学、文学史、文学批评史、小说戏剧等课程。在各位老师的指导下，我开始建立起一个更为完整全面的知识结构：既有诗词也有散文、骈文和小说戏剧，既有文学也有经史，既有儒家也有道家和佛家。至今，我已在南开大学学习五年了，现在是迦陵师的硕士生。

　　迦陵师用整个人生去体悟古人的作品，与古人的心灵产生共鸣，并把这种共鸣用精致细微的语言讲述出来，对听者具有一种特殊的感发力量。我们虽然不能达到迦陵师所感悟和体认的境界，但逐渐地能对这种共鸣有所领悟。在迦陵师的教导下，我进一步体会到古人在诗词中所表现出来的品格与修养。从前，我幼小的心灵自以为古代的诗人离我并不遥远，并把他们当作我的老师和知己，以至于在睡梦中还跟随白居易去江州。很显然，我并未认识到历代诗人诗作这座高山的雄伟。而当日光穿过云雾照亮了山顶，我才发现这些与我很亲近的老师和知己，原来是有着如此伟大高尚的心灵，于是对他们更多了一份"高山仰止"的尊敬。这种心态的转变对于我是非常重要的，既体现在自己学习评赏与治学的过程中，也在自己的习作中有所反映。

迦陵师教导我们如何深入地体悟古代诗词、理解古人，还常常教导我们如何把古人美好的品格变成自己终身的持守和为人处世的原则。私意以为，这种人品与诗品的融合，才是学诗最大的意义之所在。这当然不是未经世事的孩子所能够完全理解、实践的，但至少在我们的心灵中树立了一个值得为之努力的目标，至少让我们知道，在这个充满缺憾与悲哀的，几乎所有一切都不可掌握的世界上，有一个东西是可以掌握的，那就是自己的持守。而如果人要为了追求心目中最高远最完美的理想而有意义地活着，那就一定要持守住自己，还要忍受因自己的持守而带来的孤独和痛苦。我想，这正是千古以来伟大诗人共有的独特心境。迦陵师在一首《蝶恋花》中曾写道："玉宇琼楼云外影，也识高寒，偏爱高寒境。"如果失去了这颗善感的心灵和向高向上的追求，焉得称其为诗人？当然，知与行有着很大的距离，学诗写诗也都还有很长的路要走，我只有不断地努力，继续在这条路上前行。

最后，我要深深地感恩所有应该感恩的人：感恩父母的养育之恩，尤其感恩母亲放弃了在纽约的工作和生活，陪着我和妹妹来到南开。感恩我的外祖父母，为了教育我和妹妹，亲自选出了一套适合孩子学习的家庭古诗读本，让我的生命在诗词的滋润下逐渐成长、融而为一。感恩我的舅父，他远住新泽西州，工作非常劳累，但对我们就像对待自己的孩子一样，在品格和学业上对我们有很高的要求。感恩我的老师迦陵师，至今已跟随她学习有七年之久了。她对我们非常关心、爱护，来南开后，她一直让我们去听她的课，一步一步地指导我的学习，到现在她都还亲手批改我和妹妹的习作。迦陵师让我看到了诗词与生命真正融为一体的境界，在我的心灵中点亮了一盏明灯。有幸在迦陵师门下学习，是我人生中的大福报。感恩陈洪先生，他让我最后实现了来南开学习的愿望，从开始申请到三年之后的研究生学习，陈先生对我的细心爱护和指导都是无微不至的，像培育幼苗一样培育我这个微不足道的孩子。感恩南开大学各级领导和有关部门破格录取了一个来自纽约的初中生，为我提供了如此优越的学习环境。可以说，我和妹妹是在南开校园里长大的，对南开的感情非言语所能表达。感恩南开大学老师们的传道授业解惑，在南开的学习开阔了我的视野，让我渐渐熟悉了不同的学术研究的路径，也让我变得更加成熟和独立。现在距《莲叶上的诗卷》的出版已有八年之久，当年"醉诗中"的"小童"也长成了"志于道"的"书生"。希望通过出版这些习作，向关心、爱护、帮助过我的所有长辈和老师们做一个汇报。习作浅陋，敬请指教。

张元昕

2016 年 5 月于南开大学

毛毛自序

　　我是 1999 年 12 月 27 日出生在纽约的"小 ABC"（American-born Chinese，出生在美国的华人），从小就是一个比较麻烦的孩子。刚生下来二十多天就得了一场大病而差点夭折，稍大一点之后又不愿意好好学习。家里人最初教我背诗的时候，我很固执地反对，无论如何都不愿意去学它。可是诗是生动的，是可以打动人心的，我开始学了不久之后就喜欢上了。但因为我当时的固执，觉得喜欢了也不能承认。每天背诗日积月累，我连这份固执也放弃了。不知何时，背着背着就发现自己也想写了。写诗并不是我有意识的选择，而是诗歌融入性灵必然的结果。不管是在上学的路上还是在我家的后院里，总是能看到我想写的东西。我越写越喜欢，早上背的诗也渐渐多了起来。在外祖父母的教导下，就这样长大了。

　　九岁的时候，妈妈带着姐姐和我去温哥华拜见叶嘉莹先生。在迦陵师的指导下，我们开始学习格律和吟诵。在接下来的两年里，还趁着假期又去了几次温哥华，得到很多学习机会，留下了非常美好的回忆。在温哥华的时候，我们天天都去不列颠哥伦比亚大学（UBC）的亚洲图书馆。中午的时候，迦陵师和我们一起吃午餐，每天都吃同一种三明治。在吃饭的时候，迦陵师就跟我们讲诗词和做人的道理，回答我们的问题。图书馆阅览室的大桌子、地下室的餐厅、外面的参天古木、还有中山公园的春游和惠斯勒（Whistler）的山水，这些都深深地留在我的记忆里。虽然日常生活比较简单，但是每天都非常快乐。

　　2011 年，为了进一步跟随迦陵师学习，姐姐考进了南开大学，妈妈又带着我们两个来到了南开大学。在这里，我们听迦陵师课的机会多了很多，每次迦陵师上课，我们都一定会去，从中学到了很多东西，眼界大开。我因为同时有中国和美国两边学校的学业，功课实在是太多，所以学诗进步没有我希望得那么大，这一直是我很遗憾的事情。这些年来，不管多忙，我还是保持每天早上背诗写诗的习惯，哪怕只有几分钟。相信水滴石穿，我会不断努力的。

　　从十一岁来到南开大学，我已经在这里生活学习了五年多，回头看看，许多少年时光都是在南开园度过的。我不后悔家人和我做出的选择。诗词让我的生活变得更加丰富多彩；迦陵师和各位老师及家人的指导也让我学到了很多东西，在这里学习我所喜欢的东西是一种享受。

　　我的习作还很幼稚，希望能够得到大家的指教。

张元明

2016 年 7 月于南开大学

目　录

第一部分　牛牛习作

初习诗律

初登诗门

第二部分 毛毛习作

初学写诗

初习诗律

第一部分　牛牛习作

几点说明

1. 2009 年 5 月以前的习作大都不合格律。但因为那是我成长的一个阶段，所以还是选录了一些进来。我们是 2009 年 4 月第一次去温哥华拜见迦陵师的，第一天她就把基本的格律教给了我们，还让我们按照《诗韵合璧》和《白香词谱》练习写作诗词。

2. 创作古典诗词，入声字都应该当成仄声用，但由于我一开始知道的还不多，2009 年的习作，有时会把入声字当成平声使用。2010 以后认识得多了，这种问题就不怎么出现了，但偶尔还会把入声字当成非入声的仄声用（如"碧"与"地"押韵，"碧"是入声字，"地"不是）。

3. 中国语言有不少"破音字"，就是当一个字有多种不同的词性时，读音上也有不同的发音，"古音"和"俗读"也有很大区别。比如说，"车"应读"jū"，押六麻的韵时读"chā"，"听"有时读成仄声"tìng"，"看"有时读成平声"kān"，"思"作名词用就读成仄声"sì"，"涯"有"yá""ái""yí"三种读音。

4. 学习填词主要依照《白香词谱》，《白香词谱》没有收录的词牌就依照《词林正韵》填写，比如说《平韵忆秦娥》和《钗头凤》。

5. 因纽约有"The Big Apple"之称，所以纽约很多华人作家都用"蘋城"这个词指代纽约，其中"蘋"这个字没有简化。实际上它的简体字是"苹果"的"苹"。本书的"蘋城"即沿用了繁体的"蘋"。

6. 迦陵师在她的诗词中用过"樊城"这个词指代温哥华，我也就沿用了。

7. 古代诗词中有一些繁体字或异体字的习惯用法，我在习作中就沿用了，比如"惟""隤""溥"等。

8. 为了记录创作时的情况与想法，有时会在写作诗词的同时加上一些说明文字和注释。

张元昕

2016 年 5 月于南开大学

2007 年，牛牛在家中

初 学 写 诗

2004 年，牛牛给毛毛读故事

2003 年，牛牛 5 岁习作

院中草

春时樱花落，阳出把雪化。
花儿美又香，草儿遍地绿。

我家院子里的草儿！有时候春天风把樱桃花吹下来，太阳出来呢？就把雪化了！花儿美丽了就是因为太阳出，草儿就像一片绿茵茵。

牛牛的第一首诗　2003 年 2 月 24 日

茉莉花

茉莉名佳花亦佳①，幽香洁白小蛮强②。
折来几朵枕边放，晚上犹觉梦中香。

① 第一句借自王十朋的《茉莉》。
② "蛮强"或"南强"都是茉莉花的别名。

2003 年 7 月 17 日

红菊花

秋风满院吹，红菊生松旁。
冲天香阵阵，独立傲寒霜。

2003 年 10 月 27 日

2004 年，牛牛 6 岁习作

初夏曲

满院春光一阵飞，樱花落地自为归。
夏初景始伤芳华，漠漠君去何时回。

2004 年 5 月 21 日

早秋山游二首（其一）

山景巧妙眼一新，九月上山恋登临。
远看枫花成一片，忙拣松果绕树行。

　　山的景色，很美。这景色，我从来没有看过。上山的那一天，就是九月二十六号，大舅舅带我去的。我不得不上去。因为我不上去的话，我就看不到美景了。远远望去，枫叶和红菊花好像从碧绿的湖上升起来的红太阳。然后，我就在树下绕来绕去的，忙着拣松果了。

外祖母旁观纪实：
　　牛牛写此诗时，一边快速地写着，一边流着鼻涕，像没感觉到似的……坐在她身边的我忍不住地说："把鼻涕哼出来。""呼噜！"牛牛像没听到我的声音一样，"呼噜"一声，把流出的鼻涕又吸了回去……仍聚精会神地写着"忙拣松

牛牛 6 岁习作　　•7•

果绕树行"。

外祖母旁注：

　　牛牛写此诗时已背中国古典诗词六百八十余首。生理上虽然还是个 6 岁零 9 个月（常流着鼻涕）的孩子；但在这近七百首丰富的诗的海洋里，已孕育、成长为"小诗人"了。

2004 年 10 月 3 日

早秋山游二首（其二）

满山松碧积翠明，淡云消尽远天晴。
一望无边生远思，闲踏枯草独自行。

　　拣完松果以后，我猛一抬头，发现松树长的满山都是。我再一看，哦，这些松树全都挤在一块儿，而且碧绿碧绿的，又翠翠的，像江水一样绿；而且，还很透明呢！我又往天上一看，天上的云没有了，连一丝一毫的云都没有了，远远看去，那个天都很晴朗。而后，我就走到那悬崖处，我一看：一点儿也没有边，远远的……我就想念起上海了，生了对上海的思念了；以后，我就转过身，独自静静地踏着枯草，自己一个人静静的，在散步、在思念……

外祖母附言：

　　今晨送牛牛上学时，在路上新背白居易《晚秋闲居》：
　　　　　　地僻门深少送迎，披衣闲坐养幽情。
　　　　　　秋庭不扫携藤杖，闲踏梧桐黄叶行。
　　当读到"闲踏梧桐黄叶行"时，牛牛突然惊奇地说："白居易怎么借我的诗呢？我写'闲踏枯草独自行'，他写'闲踏梧桐黄叶行'，这不是借我的诗吗？"

2004 年 10 月 3 日

2005 年，牛牛 7 岁习作

春　日

冬去春来花满院，依依枝头樱蕾红。
悠悠白云和风起，春景飞去流匆匆。

2005 年 4 月 25 日

卧落花

重重叠叠落花深，残花绕空飘在身。
浮心意静如春云，梦中犹觉落花馨。

　　院子里的草上重重叠叠的落花堆得有一寸深。不时落下来的飞花在空中缭绕着，飘到了我的身上。我的心浮了起来，但思想很静，好像静静地飘在天上的春云。我渐渐地睡着了，还觉得梦中带着一点落花的香。

2005 年 5 月 18 日

待母归（又名春雨愁）

雨中盼母归，遥望千里愁。
惟有一心愿，思心越城楼。

2005 年 5 月 26 日

赋得阶下草

寂寞台阶下，枯草久不生。
只因光不照，久久苦待春。

2005 年 6 月 10 日

孤　云

云影映碧空，迟迟变数态。
飘云无一伴，唯有予心爱。

2005 年 7 月 27 日

夏　风

风来报何物，催我太匆匆。
树舞花亦动，小童醉诗中。

一棵棵大树在摆动，地上的花儿跳着舞，夏风急匆匆地吹来了，来报什么事呢？它吹得很急，似乎在说："快写诗，快写诗！"我拿着本子，开始写的时候，就再也停不下来了。

2005 年 8 月 5 日

谢邱伟老师

诗意融琴声，袅袅入虚空。
谢师诚教我，日日苦练功。

十二月四日，就是我第二次在一个大旅馆的大礼堂里面表演大作曲家莫扎特的《奏鸣曲》时，我的脑子里闪出来了我平时背过的诗的意境。听说一位嘉宾老钢琴家听到我的琴声，感动得流下了眼泪。可能是因为我的琴声中融入了诗的美景。我真诚地感谢邱老师对我细心的教导。我也很感谢观众的热烈掌声。

2005 年 12 月 5 日

2006 年，牛牛 8 岁习作

院中樱花怒放

樱花笑春风，今岁花更红。
年年赋樱花，不吟万枝空。

2006 年 4 月 25 日

砖头缝中花为师

砖墙缝中花为师，丝土扎根志气强。
紫花绿叶长完美，带给世界点点香。

我们散步时从前面的铁门出去，今天看到了邻居家在只有一丝土的砖缝中长了一株小草花。它那紫色的花瓣与嫩绿的叶子在丝毫的土当中长得很完美。小花在那么一小点土中，把根扎得很深，它的志气很顽强。而且，它也带给了世界点点的香气。我要像花一样有毅力。我以后要带给世界更多的善心。

2006 年 7 月 17 日晨，小花旁吟

再赋以花为师

小小花师差环境，何时我与贤花齐。
丝土硬是根牢固，以花为师志不移。

虽然这株小花在一丝土的很差的环境之中，硬是把根扎得很深。它想在这里长一株美丽的花的志气永不移动。我何时才能像这株小花呀？小花，那请让我拜你为师，好吗？

2006 年 7 月 17 日晨，邻家车上作

母校行

今日母校行^①，立志报师恩。
天天学刻苦，普度天下人。

① 母校：在纽约皇后区上四年级要到别的学校去。

2006 年 7 月 27 日晨作

五赋砖头缝里花

酷热他花谢，小花独自开。
纯红色更艳，风中淡香来。

2006 年 8 月 2 日晨作

九朵砖缝花

今日过邻家，九朵砖缝花。
蜂绕盈盈转，又有小新芽。

今晨要散步过邻居家时，见到砖缝中的小花，原是两朵小花，现在已开了九朵了。有好几只蜜蜂绕着那九朵花，兴高采烈地采着小花上的蜜。我仔细地看，发现还有好几个小新芽。诸位，在困难的环境下，只要不自弃，很努力的话，你就能做出意想不到的事。

2006 年 8 月 22 日晨，砖缝花旁

哀砖缝残小花诗

得莫欣欣失莫悲[①]，为何秋风杀我师。
鞠躬尽瘁暮秋去，安待明年开花时。

在砖缝里的几粒土之中，一株有紫色花瓣的小花从初夏开到暮秋。小花经历过了夏天的烈日、狂风暴雨、电闪雷鸣，与秋天的霜晨。萧杀的西风使小花终于耐不住而凋零了。小花用了它全身的力气，终于在暮秋凋谢了。小花，不用伤心。明年你还能开放的。我还等着你写诗呢。

① 借用陶弼《对花有感》第一句。

2006 年 10 月 23 日晨作

伤踏叶

秋来叶为母伤情，此叶命终时已临。
翻飞下地人人踏，未记此叶曾送阴。

秋天到来的时候，一片一片的树叶为它们的大树母亲而悲伤，因为这些树叶的生命的终点到了。就在这时，风把黄了的树叶吹到了地上，像蝴蝶似的翻飞下地。走过的人丝毫不管地踩到树叶。他们却没想到：这些树叶春天与夏天曾给人们送来过阴凉。

2006 年 11 月 2 日晨作

惧成方仲永

方子天才五岁赋，不学二十成凡夫。
我今虽作诗三百，惧成仲永悔时哭。

暑假期间，我背了王安石的《伤仲永》。这篇古文是说一个小男孩，名叫方仲永。他家本来是农民。仲永五岁时忽然哭着要写诗，而且写得很好，就这样他写出了名声。他父亲天天带着仲永，四处宣扬仲永的才能，没让他学习。这样，方仲永到了二十岁就成为一般的凡夫。我虽然从五岁开始写诗到今天（八岁十个月），写了三百多首诗，但是我要是不抓紧时间学习，也可能会像方仲永，二十岁就成了个凡夫。到那时候，哭也来不及了。只有现在抓紧时间学习，一点也不能放松，才会越来越好，才不会成为方仲永。

2006 年 11 月 3 日晨作

2007 年，牛牛 9 岁习作

清平乐 雪

雪霁今朝，光照云影遥。双鸟立在琼枝^①上，白沙踏过灰猫^②。

此刻自倚屏轩，盼雪实下前宵^③。愿作白梅盈舞，树树枝枝玉条^④。

今晨，下了一夜的雪晴了，晴空无云，金光照在雪上，就像春天早回来了。一双小鸟立在琼玉似的枝条上；一只灰色的猫踏过白沙似的雪，留下踪印。我看了真是不尽的欢喜，因为我求了一天的雪，昨天晚上真的下了！看来自然也很有灵性呀！

① 琼枝：雪在树枝上，像琼玉样的枝条。
② 灰猫：邻居家的灰猫从雪上走过。
③ 前宵：昨天晚上。
④ 玉条：雪下到树枝上，像玉条一样的。

2007 年 1 月 20 日晨作

清平乐　母爱

若有疾时，慈母累无边。夜中不眠虑冷暖，心里一刻不闲。

遍访名医治病，已是憔悴苍颜。犹自操劳不息，虽病至爱年年。

我生病的时候，妈妈就日夜不停地受累，连觉都睡不好，因为她要为我擦汗，盖被子，并不停地牵挂着我。我们看遍了医生，中医、西医都有。回来的时候，妈妈已是累得不行了。但是她还是不停地操劳。看来只有学习好，为人民服务，才能报答妈妈不尽的恩德。真是可怜天下父母心呀！

2007 年 2 月 20 日晨作，因生病而累慈母

题牡丹

草妒牡丹香更浓，牡丹从不怨春风。
花瓣富贵欢百众，每到暮春笑更红。

2007 年 6 月 14 日晨作

砖缝花师

花师虽去众莫愁，风携种子处处浮。
朵朵傲游纽约市，雷打不动不低头。

2007 年 6 月 30 日晨作

小荷叶①

池中荷叶小，深夏会长高。
都知诗童好，静待暮复朝②。

① 小荷叶：池塘里有很多的荷花，这首是写荷叶的。
② 静待暮复朝：荷叶天天等着我写诗呢。

2007 年 7 月 22 日晚作

立秋记

轻寒无影入东窗，小雨有声送微凉。
花落来春又争放，可惜世无倒时光。

2007 年 8 月 10 日晨作

梧　桐

昨日梧桐叶，飘然小院中。
小童亦如此，一片起秋风。

2007 年 8 月 18 日晨作

君子花①

幽客②在他乡，无人亦自芳。
谷中秋风起，独立傲寒霜。

① 君子花：兰花是"花卉四君子"中的第一个。
② 幽客：兰花的别名。

2007 年 8 月 25 日晨作

秋　雨

昨夜雨不休，今朝雾失楼。
千秋光阴过，万古随东流。

2007 年 10 月 3 日晨作

卜算子　孤鸿

新月无纤尘，光细让星辰。玉露晶莹踏银杏，只见孤鸿影。
展翅飞河汉，有主谁做伴？捡尽寒枝不肯栖，沙洲成荒甸。

2007 年 10 月 16 日晨作

2008 年，牛牛 10 岁习作

如梦令

今宵月朦胧，浮云罩却寒宫。花蕾隐约红，开后狂雨兼风。如梦，如梦，梦醒一片虚空。

2008 年 3 月 25 日晨作

见樱花落

晨起宅前小院东，樱花有情正嫣红。
命运沉浮谁做主，吹开吹落无情风。

2008 年 4 月 22 日晨作

忆秦娥　夕阳中

夕阳中，山河余光照朦胧。照朦胧，呜咽花落，飘去无踪。
无情毕竟是东风，吹得樱花满地红。满地红，唯留几朵，疏影虚空。

2008 年 5 月 10 日晨作

远 眺

青山层层秀，白云岭上收。
常羡天如旧，历史共悠悠。

2008 年 8 月 4 日作于北京

感 恩

——《莲叶上的诗卷》出版有感

六年下苦工，今日得成绩。
多少无语者，为我开天地。
从小费心血，生来有诗意。
不曾怨疲劳，待我成大器。
诗童成器后，定不忘恩应永记。

2008 年 9 月 1 日晨作

忆西湖　荷花

放眼只见诸君子，挺挺红云上青天。
小荷才露尖尖角①，心已漫游天地间。

① 借用杨万里《小池》第三句。

2008 年 9 月 5 日晨作

墙 边

墙边独放菊花丛，不得斜阳得冷风。
同心只有诗人共，梦想霜雪与寒中。

2008 年 10 月 13 日于纽约

月光三首

经宵照清光，沉默望旭阳。
天地共孤影，照进读书堂。

金秋月最圆，光照五千年。
问月人何在，无语挂青天。

碧霄孤月轮，独自挂乾坤。
安知千载后，流影伴何人。

2008 年 10 月 29 日于纽约

平韵忆秦娥　别菊花

岁晚又别君，抱枝不远游。明年还相见，犹在此枝头。

此枝头，尝尽世间风雨愁。风雨愁，谁应念我，千岁悠悠。

征鸿长啸绕高楼，可惜不能驻金秋。驻金秋，冷香天上，玉宇沉浮。

2008 年 11 月 28 日于纽约

别菊花

可怜今秋独开谢，人间寂静待飞雪。
寒风谁忆旧时香？伴君唯有一轮月。

2008 年 12 月 14 日于纽约

深冬桂树叶犹绿

常羡雪中桂，青青秋似回。
梦里还相见，天香残影来。

2008 年 12 月 24 日于纽约

2009 年,迦陵师送给牛牛、毛毛《唐宋词十七讲》

初 习 诗 律

2010 年,迦陵师与牛牛、毛毛在不列颠哥伦比亚
大学(UBC)亚洲图书馆院中

2009 年，牛牛 11 岁习作

忆梦笔

2 月 7 日的晚上，我梦到了瀑布。我正想写它的时候，从什么地方飞来一支笔自己在宣纸上写了李白的"望庐山瀑布"，写完了，就自己卷进宣纸了。

欲赋银河①天送笔，自写太白瀑布颂。
写罢卷进宣纸里，惊醒太白作此梦②。

① 银河：瀑布的别名。李白有"疑是银河落九天"之句。
② 我把这个梦告诉了外祖母，她说李白也做过一个类似的梦，梦见了自己的笔头开花了。

2009 年 2 月 9 日于纽约

白 梅

驿外断桥雪里开，暗香暮雨久徘徊。
仰首霜天展风采，孤芳何用待春来？

2009 年 2 月 16 日于纽约

宴桃园　宴桃园

　　花海正笑东风，太白邀我座中。飞扬论天下，挥毫淋尽虚空。惊梦，惊梦，何处盛世英雄？

　　二月十九日的晚上，我梦见我到了一个桃园里去了。走了一段路以后，竟然看到了李白和开元盛世的诗人们一起在开宴会！他们正在议论天下大事，李白突然看见了我，惊奇地说："这不是牛牛吗？快来坐，我们等你好久了！"我高兴坏了，但我坐下来的时候，觉得我就是生活在玄宗时代的人，跟他们一起讨论天下大事。有人说："皇上整天宠杨贵妃，迟早有一天他会不管国家大事，而且一场大叛乱会结束开元盛世的。"杜甫说："是啊，我也有这种感觉！唐朝这样下去，是不能长久的！"所有的诗人们都点点头，说自己也是这么感觉的，并且说了自己观察到的东西。议论完了天下大事，大家都即席挥毫赋诗，我也写了。我们写完了，正准备开始读诗的时候，我突然惊醒了。唉！如今，还能有几个人像宴桃园的盛世大诗人们呀？梦醒后，我就把这个梦记写在这里了。

2009 年 2 月 21 日于纽约

补注：

　　到现在为止，我还没有看到盛唐大诗人们一起在桃园里开宴会的记载，可当时真的梦到了他们。也许是受到了《春夜宴桃李园序》的启发，但是那又是李白和自己的堂弟们开宴会时所作，而且除了桃花，还有李花。梦境不必合于历史事实，诸君其谅我乎？

2015 年 6 月

海

飞花溅水客心惊，金沙无际远山青。
海鸟归翔天欲暮，半空夕阳半繁星。

2009 年 2 月 22 日于纽约

寻 春

昨日寻春久不回，和风清气上阳台。
沉思未解人何事，春暮才知春已来。

2009 年 3 月 8 日于纽约

梦兰与梅对话，相愧不如，醒后故为此作

韶春未报兰何在？不自芳兰梅肯开？
兰有国香梅有胆，仰天大笑雪中来。

2009 年 3 月 16 日于纽约

玫瑰芽

世事茫茫君须知，莫待樱花落空枝。
和风吹去不复返，只留小童送春诗。

2009 年 3 月 25 日于纽约

两只拐杖
——与迦陵师同游温哥华中山公园时口占

两只拐杖扶老师，此趣唯有拐杖知。
拐杖敬师向师学，老师笑教拐杖诗。

2009 年 4 月 11 日于温哥华

鹊踏枝　温哥华中山公园
——步迦陵师《鹊踏枝》（花树樊城长陌满）原韵

空忆苏州深情满，不料今年，又踏苏州遍。要识蓬莱真不远，劝君莫待韶光换。
细雨朦胧日已晚，回首依依，双眉难再展。却待园林梦中见，风烟万里情何限。

2009 年 4 月 12 日于温哥华

谢师回纽约

十日樊城一瞬间，仰俯好梦竟乍还。
蒙师不辞辛教我，吟诵古调隔千年。
带我神游华夏遍，携手世外桃花源。
飘然疑上彩云里，听课如醉忘尘缘。
幽兰谷中众雨露，只愿香向海角边。
恩师重望寄童子，成才育我德智全。
叶师笑答童疑问，归去常是二更眠。
费尽心血全身力，桃花栽遍我心田。
已累不停犹教我，原是常思弟子先。
路长此恩长不尽，晨曦唯有照青天。

2009 年 4 月 20 日于温哥华

昨夜雷雨诗

昨宵已半犹开眼，帘外黑云压户前。
震破乾坤天一笑，为将白雨洒人间。

2009 年 6 月 9 日于纽约

踏莎行　　到樊城有感

又至樊城，向君问好。清风拂面晨光照。晴空万里雪山峰，人间何处能比了。

已觉芝兰，幽香袅袅。诗心不向红尘老。无因遥望隔天涯，与君共志前贤道。

2009 年 7 月 3 日于温哥华

去游 Whistler 山路中

7 月 19 日至 7 月 21 日，我们与迦陵师和施老师，还有其他的奶奶和阿姨，一共 9 个人，到 Whistler（惠斯勒）旅游。在旅馆中我们与迦陵师同住一个房间。她睡在房间里的大床上，我和妹妹睡在客厅里沙发的折叠床上。

残雪碧山云上浮，湖中明镜照千秋。
片心双翅翔天上，最爱大师能共游。

2009 年 7 月 19 日于温哥华

忆秦娥　*海湾望夕阳*

长天暮，曛黄相映波心处。波心处，夕阳六彩，为谁凝伫？

余霞投影多情顾，何人复走金沙路？金沙路，沧桑一片，浪涛千古。

2009 年 7 月 23 日于温哥华

立秋记

叶金一片在梧桐，长夏悠悠玉露浓。
白蝶可怜单袖薄，人间何事起金风？

2009 年 8 月 8 日于温哥华

白蝶行五首

如梦白蝶还，丛中舞袖单。
初生新翅小，不识伤春残。

长夏自悠悠，清风未可留。
不知身是梦，终付水东流。

昔日犹冰心，长夏难如旧。
梧桐草路边，唯得空回首。

抱梦成秋蝶，断雁叫西风。
未随红叶落，独飞残影中。

何忍孤身梦，日暮向南飞。
未留身外物，深情舞落晖。

2009 年 8 月 10 日于温哥华

听　雨

焚香听雨时，此趣有谁知。
深宵对孤烛，妙如无字诗。

2009 年 8 月 12 日于温哥华

别 UBC 大学亚洲图书馆二首

群星与我别樊城，挥泪车中应五更。
今日开门犹似旧，云中无奈起归程。

别有天地非人间[1]，太白挥笔过千年。
如今犹有蓬莱处，为我诗心种玉田。

[1] 借用李白《山中问答》第四句。

2009 年 8 月 14 日于温哥华

在 Stanley Park 与 Granville Island 看夜景[1]

天上银河星降下，散作群灯隔水湾。
山黑远端光照影，清波倒映晚风寒。
思前路，且盘桓，未肯识知夏已残。
珍重共游殷勤友，此夕能在樊城看。

[1] Stanley Park 译为斯坦利公园；Granville Island 译为格兰维尔岛。

2009 年 8 月 15 日于温哥华

离　别

何事婵娟缺复圆？诸师复见待明年。
明年杳杳如三岁，夜夜无眠同月前。

2009 年 8 月 16 日于温哥华

归蘋城

坐我旧时书案前，晨光犹照树枝间。
未知仙殿花先放，如今垂首瓣不全。
知君为我真家在，仰首唯见樊城天。
樊城天，带我远去西岸边。
西岸迢迢千万里，海天一色净如洗。
犹记远山雾朦胧，送我山间林上泪。
殷勤劝我数十回，勿使污泥进秋水。
挥手依依告别中，飞机开动起旋风。
旋风带我归东岸，沉西犹照夕阳红。
丹轮落日楼间挂，见我过桥方下空。
樊城星做蘋城灯，清波映海影重重。
影重重，正似秋水映危峰。
危峰犹存冬时雪，浮云在腰飞鸟绝。
虽有樊城兄弟山，未与樊城容易别。
容易别，瞬间万里共明月。
明月今宵照我床，床前独步静思量。

应记叶师苦心教，须背须读须思考。
要使樊城四面金，为有晨曦亮今晓。

2009 年 8 月 19 日作补记于纽约

闻　蝉

忍向西风独自鸣，须知夏暮不无情。
劝君莫唤征鸿去，驻我诗心万里晴。

2009 年 8 月 22 日于纽约

松　鼠

忘机相对在纱窗，初觉西风秋夜长。
撒果庭中共红叶，苦甘何味待君尝。

2009 年 9 月 4 日于纽约

平韵忆秦娥　秋之天

秋之天，高空万里望桑田。望桑田，何人御笔，画在山前。

长风为我驱寒烟，玉京直见诸神仙。诸神仙，云中邀我，飞去人间。

2009 年 9 月 6 日于纽约

白露二首

蘋　城

昨夜青天梦里来，告予白露在青苔。
故乡虽爱长空碧，暮雨樊城入此怀。

樊　城

樊城何处露华浓，独立楼头一小童。
遥望雪山犹记否？诸君不见夕阳中。

2009 年 9 月 7 日于纽约

别茉莉

回首惜君不忍看，唯馀一朵谢秋寒。
西风仰俯换长夏，共待人间明岁还。

2009 年 9 月 18 日于纽约

昨日选习作有感

长江犹是东流水，大道何曾变古今？
小马今晨蓦坡下，驰骋万里有雄心。

2009 年 9 月 19 日于纽约

山亭柳　　见孤鸟立朝霞

　　火满青天，独立尽红鲜。东怅望，待先贤。云里征鸿过尽，轻鸥谁更相怜？一任朝寒侵骨，吹散秋烟。

　　飞来已守终长夜，亦知破晓见桃源。虽有志，几人圆？日暮酸风射眼，高谈哪似樽前！紫陌红尘滚滚，犹醉人间。

2009 年 9 月 26 日于纽约

秋　山

秋山微雨过，斜日晚空晴。
红叶随风舞，青天傍水行。
亭中千壑暮，云里一鸿轻。
遥望来时路，东岭月已明。

2009 年 10 月 7 日于纽约

破阵子

　　十二春秋谁共？一双蝴蝶纷飞。欲下珠帘还又忆，初掩柴门复自开，知音世所违。

　　银烛终宵犹照，青霜几度徘徊？了却人间名利事，赢得身前身后晖，桃源今亦归。

2009 年 10 月 13 日于纽约

忆秦娥　红叶

哀红叶，无端未待深秋蝶。深秋蝶，缤纷彩翅，共飞明月。

拾回将尔东墙贴①，依依独与浓荫别。浓荫别，何人惆怅，欲寒时节？

① 把叶子捡回来后，用胶纸贴在墙上，所以说"东墙贴"。

2009 年 10 月 14 日于纽约

浪淘沙　赠樱花树

犹自绿西风，来伴青松。邻家秋树似花红。醉得凌寒蝴蝶舞，亦带黄蜂。

望断夕阳中，过尽征鸿。微霜初降暮霞浓。独立天高长夏远，欲至寒冬。

2009 年 10 月 16 日于纽约

蝶恋花　菊花开

　　终见丛中寒蕊绽，为待殷勤，常立斜阳晚。道上无须孤影伴，一双云翼拂霄汉。

　　君看秋山花烂漫，夕照衰丛，风起西天畔。却是偏知芳意换，凌霜才有朱英展。

2009 年 10 月 19 日于纽约

赠菊花

　　昨宵寒雨降，不寐但悲歌。
　　渺渺独飞影，萧萧孤雁过。
　　蛾眉非众女，抹粉妒君多。
　　遥望东天晓，风波复几何？

2009 年 10 月 21 日于纽约

三丛菊花开二首

　　樱花魂舞向西风，谁画树梢微有红。
　　昨夜寒霜初映月，前庭如梦绽芳丛。

　　庄严寺晚听霜钟，回响三千世界中。
　　只近黄昏天欲暮，秋山才映夕阳红。

2009 年 10 月 24 日于纽约

月　光

浩浩秋江水，悠悠两地伤。
几人独抱影？为我寄清光。

2009 年 11 月 2 日于纽约

赋得樱树红于四月花

莫怨西风白日斜，邀君来至小童家。
何人唤取春芳歇？樱树红于四月花。

2009 年 11 月 8 日于纽约

见松鼠寒冬觅食

长夏灰衣奈冷冬，树边寻食总成空。
饥寒交迫谁怜汝？空在屋旁迎烈风。

2009 年 11 月 18 日于纽约

夕　阳

深秋最爱斜阳暮，满道西风黄叶飞。
独立楼头霞散后，依依如醉忍思归？

2009 年 11 月 20 日于纽约

行路难

千古英雄付江川，何人曾教东水还？
涛涛谁易奔流去，回首不见心茫然。
独行善道伴我影，灯火未曾照青山。
先贤引我向何处？夜中静待自凭栏。
行路难，行路难，多岐路，今安在？
东天红日会有时，腾身光芒遍四海。

2009 年 12 月 9 日于纽约

2010 年，牛牛 12 岁习作

新年有感

春秋十二度，稚子今何处？
深知非小童，院中留日暮。
新岁立新志，无复旧时语。
迷蒙远山青，凭栏黄昏雨。
君不见长江，滔滔东流去。
人间尽飞雪，毕竟春何处？
守心似明玉，莫似冬时木。
长夜渐星稀，残影摇寒烛。
鹏鸟无伴飞，应能耐孤独。
恩师不负，高踏银河，天下童心住！

2010 年 1 月 1 日于南开

见孤鸟立楼头四首

昔日童心共尔翔，孤飞只道是寻常。
当时未解人间事，今羡灵均爱物芳。

俯仰古今创业难，霜高风烈独凭栏。
几人觅得天涯路，万里不辞水复山？

上有青天下有地，翱翔羽客若浮云。
只缘不耐伴孤影，终向低枝与雀群。

祝取君心志意坚，扶摇独与地和天。
长征何惧经风雨？来往苍茫云海间！

2010 年 1 月 16 日于纽约

冬　日

莫因冬冷即升迟，正是人间须尔时。
醉梦不知何日觉，更添飞雪下枯枝。

2010 年 1 月 21 日于纽约

晨读陆放翁《梅花绝句》有感

君若爱梅心似梅，凌寒傲雪共梅开。
何须化作身千亿，自有暗香入梦来。

　　早上我先吟诵古人的诗，要是有感于某一首诗的话，就写下来。比如说陆游的这首《梅花绝句》："闻道梅花坼晓风，雪堆遍满四山中。何方可化身千亿，一树梅花一放翁。"

2010 年 1 月 24 日于纽约

复见墙上枫叶有感

一回首，去年秋，长天鸿雁去悠悠。
西风未起君先落，诗童拾尔挂案头。
夏已暮，望归去，晓梦白蝶无觅处。
南强何事已成霜？晨起东行踏玉露。
明月天，几回圆？鲜红犹自在眼前。
昔日篱菊今疏影，空望沧海变桑田。
共飞雪，南开别，志正如铁风正烈。
除却诗童谁拾尔？醉梦苍生何日觉？

2010 年 1 月 30 日于纽约

清平乐　立春

春生何处？枯草篱边路。雪在风中寒在树，无语凭栏日暮。

春归天淡云闲，双双雀唱窗前。新绿盆中点点，红梅正笑山间。

2010 年 2 月 4 日于纽约

读柳宗元《渔翁》一诗，设为渔人作诗以答

徒有当年寂寞心，高山流水自清音。
舟中与我信波去，夕照沉浮忘古今！

2010 年 2 月 19 日于纽约

闻海鸥鸣

君乡原在碧波间，万古雄涛浪拍天。
世上深宏莫似海，为谁飞向大楼前？

2010 年 3 月 9 日于纽约

昨晚见新月

银钩昨夜笑如船，带我苍茫云海间。
浪头汹涌接天黑，欲寻津口渡不得。
长叹风平海似天，月已独行海角边。
只同长夜共千古，不见草青初蝶舞。
谁言月无万里心？乘风破浪有几人？
夜夜银钩乘天浪，清辉无限碧霄上！

2010 年 3 月 20 于纽约

点绛唇　　昨天傍晚见东天月

独挂遥天，莫随残影临风散。海云东畔，欲把斜阳揽。
双燕余霞，飞过姮娥殿。何人唤，梦魂将断，钟磬千山远。

2010 年 3 月 27 日于纽约

晨读孟浩然《留别王维》一诗有感

天涯何处无芳草？不用高山掩故扉。
有志心中酬未得，莫随流水漾余晖。

2010 年 3 月 30 日于纽约

游植物园春归

杨柳高高一树青，万条垂下晚风清。
烟轻似拂诗童手，四月东风最有情。

2010 年 4 月 3 日于纽约

忆秦娥　三日雨后樱花

留不住，偏遭乱雨惊风妒。惊风妒，断肠回首，湿红何处？

草中泥里他乡路，三天落尽韶春树。韶春树，如今换了，叶凝朝露。

2010 年 4 月 27 日于纽约

见草中落花二首

元知万物随流水，忍见青青一寸红。
必落落时肠自断，更无情绪送春风。

落花身已化春泥，魂绕树梢夕照齐。
仰望青天天自碧，人间悲笑不须知。

2010 年 5 月 3 日于纽约

蝶恋花　暮雪林中

　　寂寞琼林谁是主？家在村边，不见行人步。夕照余辉将日暮，幽清未共人间苦。
　　四望青骢寻处宿。不惯山中，雪满梅花树。爱此幽林无计驻，夜寒千里茫茫路。

　　这首词的灵感来自美国诗人 Robert Frost 的 "Stopping by the Woods on a Snowy Evening"。原诗如下：

　　　　Whose woods these are I think I know;
　　　　His house is in the village though.
　　　　He will not see me stopping here,
　　　　To see his woods fill up with snow.

　　　　My little horse might think it queer,
　　　　To stop without a farmhouse near.
　　　　Between the woods and frozen lake
　　　　The darkest evening of the year.

　　　　He gives his harness bells a shake
　　　　To ask if there is some mistake.
　　　　The only other sound's the sweep
　　　　Of easy wind and downy flake.

　　　　The woods are lovely, dark and deep.
　　　　But I have promises to keep,

And miles to go before I sleep,

And miles to go before I sleep.

2010 年 5 月 13 日于纽约

南 风

飒飒南风何事吹？暮天星外梦纷飞。

清晨常觅野花发，迟暮便同双燕归。

痴意曾将夕阳揽，今知无计驻余辉。

唯应回首萧萧叶，已自成荫未解悲。

2010 年 5 月 21 日于纽约

昨晚院中吹泡泡

梦随君上青天览，小小人间夕照晖。

今日又回昔日戏，花香满袖不思归。

2010 年 5 月 21 日于纽约

蝶恋花　　前日见小猫草上玩

君有四足知也未？不解何因，亦有茸茸尾？草里残春花上寐，悠悠长夏随流水。

昔日诗童如尔睡，梦里魂飘，阵阵清香味。回首青苔余露泪，今朝犹似当时醉？

2010 年 5 月 25 日于纽约

草　花

有情君亦觉吾哀，流水歌声共不回。

飒飒西风留梦破，唯闻落叶舞斜晖。

2010 年 5 月 26 日于纽约

哀茉莉

惜往日之南强兮，芳菲菲其难改。
世浑浊而君清兮，如遗雪之光彩。
与君同梦乎月下兮，枕边炎夏之清凉。
为君挥笔于窗前兮，与君友以为常。
何事六月之不开兮，莫非随芳已污秽？
君未曾染瓣于污泥兮，何今日之无蕾？
君犹是予之友兮，君定无此轻狂。
前岁之碧叶兮，今夜之清香。

君开兮无使我哀兮，伫窗前而急待。
法乎灵均之服兮，纫三枝以为佩。
吾思乎昔日之纯兮，未须知黑夜之无光。
夫孰异道而相安兮，同志乎唤天下以归良！

2010 年 5 月 28 日于纽约

望窗外

阴阴云里自光明，云散风吹坠露莹。
满院流金谁点缀，夜深只为带新晴。

2010 年 6 月 16 日于纽约

前　路

前路茫茫，暮霭斜阳。
苍梧何处，空泣断肠。
前路霏霏，暮霭斜晖。
东城门蔽，我心则悲。
前路长矣，我心伤矣。
已行千古，向何方矣？
前路不知，日已迟迟。
暮霭散去，皓月出时。
遂以足迹，作新路之先驱。
且留灯火，随俗世之所趋。

2010 年 6 月 18 日于纽约

昨晚见萤火虫

日欲暮时月欲明，穿花贴草见流萤。
寸心高烛不辞秉，露重风清舞院庭。

2010 年 6 月 22 日于纽约

补写今朝去温哥华别纽约三首

疏星闪闪月凄凄，夜色沉沉未有鸡。
挥手匆匆行告别，天边冉冉欲晨曦。

何人洗碗何人笑，复有何人稚气真？
谁更今宵为捶背，共谁似我乐天伦？

南强君且为吾开，点点诗心日日来。
飘向樊城西海岸，与君依旧伫高台。

第二首是别外祖父母。

2010 年 7 月 3 日于温哥华

雪　山

嗟彼雪山，在天一涯。
遵大道兮，或可到兮。愿赴流沙。
嗟彼雪山，在暮云边。
遵大路兮，或可睹兮。愿度潼关。
嗟彼雪山，斜晖所照，日月所耀。
照之耀之，千秋道之。回首不见，烟霭罩之。

2010 年 7 月 5 日于温哥华

虞美人　敬祝迦陵师八十六岁生日

迦陵婉转林中唱，四海人间向。只缘明月在天东，夜夜凭栏不管雨吹风。

苍冥若欲诗词久，即赐千年寿。莫垂云翼向天池，且待诗童登上岱宗时。

2010 年 7 月 10 日于温哥华

蝶恋花　复思前路有感

　　志把人间名利换。心作桃源，身在清溪畔。谁道古来霜不惨？茫茫津渡何时见？

　　云影自清波自浅。衣带常宽，日日须裁短。夕照晚钟烟又敛，凭栏雾重青山远。

2010 年 7 月 17 日于温哥华

自度曲　昨日读王沂孙《天香·龙涎香》作一首答，拟与碧山同经亡国之痛

　　万里故乡何处？空对月、迷茫烟雾。铅泪异清波，无端总被，画舸漫采取。断肠人在深闺，残阳烟柳，几回日暮？

　　凭栏黄昏雨。青天外、江山应如许。寸心断尽化幽香，谁见摧肝凄苦！为问碧空，如今未老，离恨经几度？唯有寄、芳根向此驻。身已碎，不能悔，无归路。

2010 年 7 月 20 日于温哥华

看　海

　　向无空阔正凭栏，花在身旁雾在山。
　　我与东坡独临此，高歌举首向云端。

2010 年 7 月 24 日于温哥华

见已干的野花

朝朝海云飞，夜夜月清晖。
谁见野花笑，欲载同车归。
叹君今见采，芳意入柴扉。
日暮薄雾起，枯瓣清露垂。
千里家乡忆，愁思当告谁？
无瓶将君插，对此但空悲。
冉冉东天晓，烟霭又霏霏。

2010 年 7 月 29 日于温哥华

昨日弹琴有感三首

西北高楼上，不伤玉宇寒。
只悲月光曲，今复有谁弹？

兰生幽谷里，开落耐霜寒。
何处知音赏，为君一曲弹？

幽香徒自秘，长夏复韶春。
飒飒秋风起，山中更无人。

前两首和刘长卿《弹琴》一诗："泠泠七弦上，静听松风寒。古调虽自爱，今人多不弹。"

第三首和宋之问《渡汉江》一诗："岭外音书绝，经冬复立春。近乡情更怯，不敢问来人。"

2010 年 8 月 5 日于温哥华

昨日见白蝶二首

且慎舞衣单，应知夏已残。
空余双彩翅，凌却暮天寒。

若随尘世浊，何以奋高飞？
带我青云上，翩翩送落晖。

2010 年 8 月 20 日于温哥华

卜算子　感怀

幽梦几时圆？看尽姚黄否？无奈寒蝉唤树红，堤上金丝柳。
容易别薰风，笑也情如旧。只是多情笑里哀，徒得空回首。

2010 年 8 月 21 日于温哥华

惊翻日历

行云几日又秋风？叶胜春花烂漫红。
蝴蝶哪知身是梦，衣单斜照舞衰丛。

2010 年 9 月 2 日于纽约

明日中秋节寄迦陵师

向东望兮九州，天香满兮琼楼。
玉宇寒兮不奈，目渺渺兮为谁愁？
洞庭波兮叶落，昨夜风兮初霜薄。
秋桂舞兮弄清影，空闻鸣兮鸿雁过。
照千古兮悲欢，几回失兮江山？
几回客兮离乡去，日将暮兮衣单？
海茫茫兮路绝，曾何言兮轻别？
幸有轮兮名婵娟，隔千里兮共明月。

2010 年 9 月 21 日于纽约

赠菊花

可怜十月似春归，一任霜寒百卉非。
无蝶无蜂金蕊冷，篱边含笑对秋晖。

2010 年 10 月 26 日于纽约

赠　菊

君心缱绻暮时秋，抱节枝中未肯休。
应觉寒霜欲成雪，千山明月照孤舟。

2010 年 11 月 12 日于纽约

蝶恋花　赠樱花树中十六片叶子

樱花树上只剩下十六片叶子了，我数过。

　　本自神州尧舜祖，却把蘋城，唤作家乡处。既过阳春花
满路，金秋欲恋萧萧雨。
　　毕竟无情秋亦去，留我窗前，独对空空树。莫舞西风霞
欲暮，谁人更把寒冬度？

2010 年 11 月 18 日于纽约

晚秋雨

雨湿落红飞不起，沉沉不见碧天高。
叹君何似冬时雪，犹舞回风作梦飘。

2010 年 11 月 26 日于纽约

待雪二首

待君夜夜复朝朝，长叹朝朝雪影遥。
浩浩冬风光杳杳，问君何日玉花飘？

一年已暮太匆匆，万古天山落日红。
盖尽人间悲与恶，冰心常在永诗童。

2010 年 12 月 10 日于纽约

今日钢琴演出有感

乐兮乐兮，我心悦兮。
静如止水，清如月兮。
乐兮乐兮，悲苦绝兮。
情如深海，纯如雪兮。
莫为名兮，莫为利兮。
高山流水，我心寂兮。
莫为利兮，莫为名兮。
人之为物，为物之灵兮。
乐兮乐兮，诉欢与别兮。
今之孺子，亦可学兮。

2010 年 12 月 19 日于纽约

2011 年，牛牛 13 岁习作

晨 雾

雾失楼台迷渡口，古今同梦梦醒迟。
桃源望断虽无影，晨雾终将有散时。

2011 年 1 月 2 日于纽约

赠孤星

孤星竟何事，独挂碧天东？
既耐三朝雪，还临万里风。
徐徐渐光淡，冉冉欲霞红。
长夜须侵晓，楼头守到终。

2011 年 1 月 5 日于纽约

蝶恋花　赠樱花树

岁岁年年花下驻，欲去南开，且莫枯秋雨。天外神州非永住，归来要见君如故。

勿仿孤山千万树，望尔常开，寂寞虽无主。爱坐枝间看日暮，莫教此亦无寻处！

2011 年 1 月 10 日于纽约

大寒雪

四顾空枝尽是梅，无风自舞积阳台。
茫茫千里人行绝，唯见银光入户来。

2011 年 1 月 21 日于纽约

雪霁

风吹阵阵向云端，雪霁晨光照天山，参差影舞冒严寒。
我坐西窗侧，犹似小童看。
新来千万事，今又学凭栏。
凭栏何所见，人间如盖霜织练。
长风卷去向东溟，寂静似待朝晖遍。
此时俱无声，唯闻彩笔挥案面。

2011 年 1 月 22 日于纽约

见海鸥

翔空碧云上，试效大鹏飞。
定有蓬门士，莫因异路悲。

2011 年 1 月 26 日于纽约

二月二日冻雨

冰凌挂柱绕房檐，道上行人多苦颜。
冻雨斜侵残雪路，严寒劝尔莫流连。

2011 年 2 月 2 日于纽约

寻春不遇

日日寻春春不来，庭中垂首独徘徊。
心随万物冬眠醒，却见人间雪里埋。

2011 年 2 月 22 日于纽约

春　雪

春城无处不飞花，六出盈盈催草芽。
应是丰收天下足，窗前望尔薄如沙。

2011 年 3 月 23 日于纽约

昨日得考南开大学文学院准考证有感

谁言壮志易蹉跎？我将引领唱高歌。
今朝无雪晨光照，心向九州共黄河。
黄河滔滔东向去，千秋多少惊人句。
历代骚人奋挥笔，诗成天地鬼神泣。
往圣前贤遗我多，无因视之若仇敌！
悲哉复悲哉，已无泪可哀。
鹏鸟昔锁笼中住，今翔海雨过江来。
终能报诸恩，经冬复历春。
万里云程焉能畏，行唯正道任唯仁。
神州重降骚人魄，方能唤我尧舜之子孙！

2011 年 3 月 25 日于纽约

送三月

君去韶光今欲半，空枝无叶亦无花。
匆匆春至匆匆老，忍葬红英照晚霞？

2011 年 3 月 31 日于纽约

待樱花

犹见枝中万点红，今朝还与昨朝同。
春寒未去春将去，初落玉兰一夜风。

2011 年 4 月 19 日于纽约

樱花欲开

何处东风吹细雨，芳苞一树欲开时。
诗童有待窗前守，不寐今宵恐起迟。

2011 年 4 月 22 日于纽约

樱花开

昨日芳苞今已展，初开未至盛开时。
纵教世上花齐放，未若樱花笑满枝。

2011 年 4 月 25 日于纽约

迎五月

五月匆匆何事早？牡丹小蕾杜鹃开。
昨朝似待春归影，今日飞花落满台。

2011 年 5 月 1 日于纽约

雨后见樱花

狂风骤雨无情过，败蕊残英有雀怜。
不忍踏花飞缓缓，残春满目下重帘。

2011 年 5 月 5 日于纽约

赠树中残花

花落花开本自然，心伤忍踏落花还？
虽知是理情难却，犹待一朝不复残。

2011 年 5 月 6 日于纽约

叹春二首

花开花落甚匆匆，半化成泥碧草中。
含蕾枝间如昨日，而今无瓣落东风。

爱春常盼春偏短，冬雪翻飞夏日长。
明岁已非今岁世，依依树下惜余芳。

2011 年 5 月 9 日于纽约

杜鹃谢

若有残花浓叶底，莫随姊妹落斜阳。
韶光留住春常好，一任薰风夏日长。

2011 年 5 月 23 日于纽约

今日欲考南开大学

今日须将恩尽报，丹心碧血夜难眠。
天崩难改诗童愿，不进南开誓不还。

2011 年 5 月 29 日于南开

惜牡丹

谁怜露重晚风凉，国色衣单舞袖长。
几度朝霞还暮霭，芳心已减昔时香。

2011 年 6 月 3 日于纽约

惊　梦

将军铁骑正旋归，瀚海茫茫大雪飞。
忽掣银龙天欲裂，风吹白雨入罗帷。

2011 年 6 月 4 日于纽约

送春二首

送春溪畔水潺潺，花落清波永不还。
四载神京楼作树，归来每值众芳残。

送春春去几时还？念尔独行千万山。
粉蝶多情梦初破，空飞篱上伴花残。

2011 年 6 月 8 日于纽约

闻考上南开有感二首

天外忽传书一纸，十年痴愿竟成真。
未惊常梦题金榜，唯喜终能报众恩。

滔滔云浪泣经宵，天地为童洗客袍。
展翅吟诗归祖国，凌风直上碧空遥。

2011 年 6 月 11 日于纽约

夏晴二首

天高云远似初秋，万籁无声酷暑收。
叶影参差新雀语，浮生如此更何求？

可怜滚滚望红尘，为得荣华不顾身。
天下须教成净土，焉能独退赏良辰？

2011 年 6 月 14 日于纽约

闻鸟语

不关身外红尘事，日暮空知反旧林。
海没山头烧战火，此童犹有片诗心。

2011 年 6 月 16 日于纽约

晨　风

涓涓叶语似溪流，天畔悠悠云影浮。
拂面西窗忘初暑，庭中丛菊待金秋。

2011 年 6 月 19 日于纽约

剪草后复赠草花

为守芳心如执玉，草中独自秘清香。
而今俱见层层瓣，盛放只因不贵长。

2011 年 6 月 22 日于纽约

今日初中毕业有感二首

玉露霜风雨复晴，三年如梦梦初醒。
稚童换做骚人志，不负恩师尽此生。

可怜无处说相思，散后空余残梦丝。
望断楚天难禁泪，当时欢笑复谁知？

2011 年 6 月 23 日于纽约

虞美人　七月初

　清风清露天如洗，百合香园里。骚人自古惜春芳，未爱
阴阴深浅映斜阳。
　春晖冬雪今年半，夏又匆匆晚。诗童何学复何成？开路
林中溪畔步艰程。

2011 年 7 月 1 日于纽约

赠禅友①

妙香伴我坐西晖，一日离魂共得归。
洗尽红尘还昔日，与君同笑亦同悲。

① "禅友"是栀子花的别名。

2011 年 7 月 2 日于纽约

赠流萤二首

繁星落下化流萤，舞绕诗童似护行。
邀我庭中莫归去，微光笑尔甚多情。

诗童无奈亦多情，欲踏当时晓露莹。
虽识人间甘与苦，寸心犹自爱流萤。

2011 年 7 月 6 日于纽约

复闻蝉

为留长夏莫轻归，爱坐枝间赏落晖。
他日秋风天畔去，庭中不见叶翻飞。

2011 年 7 月 15 日于纽约

牛牛 13 岁习作 　　　• 71 •

盛暑诗

开轩不若闭轩凉，拂面无风树影长。
飞雪寒冬三月倦，今朝反待露为霜。

2011 年 7 月 22 日于纽约

夏如秋

微凉暮雨似深秋，如雾迷朦遮远楼。
长夏初归何事别？莫教万物早知愁。

2011 年 7 月 26 日于纽约

谢梅会长赠诗

　　纽约诗词学会梅振才会长，深爱中国传统文化，早年在北京大学攻读时已出诗集。今为稚童写下如此佳句："乘风万里觅良师，正是荷塘花艳时。旧韵新声缭绕处，但期莲叶续题诗"。以期中国传统文化在海外的弘扬与传承。甚为感动，特赋此诗，以谢梅公，以述予志。

守心如玉道为师，莲叶朝朝雨露滋。
旭日初晖光照处，但期天下尽成诗。

2011 年 7 月 28 日于纽约

立秋二首

南开欲去又依依，海外家乡不忍离。
华夏诗心身在此，蘋城已作十年栖。

西风万里叶初黄，久住蘋城思故乡。
为问吾乡在何处？身心已自隔重洋。

2011 年 8 月 8 日于纽约

清平乐　补写案上茉莉

清香满室，不觉炎炎日。冰骨玉肌人未识，皎皎初心难易。

微躯容得孤高，几回长夏今朝。且看稚童痴梦，化为烟路山遥。

2011 年 8 月 10 日于纽约

觉秋风

萧瑟秋风万里来，浩然拂我立高台。
碧空云远晨烟淡，阶下犹闻茉莉开。

2011 年 8 月 11 日于纽约

牛牛 13 岁习作　　　• 73 •

昨日去海边二首

水天一色碧波宽，白浪涛涛叠似山。
斜日浴金光照处，不分浪与暮云端。

浩渺无边吞日月，烟波有本纳江河。
片心似尔容天地，独立浪中举首歌。

2011 年 8 月 12 日于纽约

今日去南开

南开常觉在天边，何事今朝到眼前？
碧海迢迢归即日，丹心已待十三年。
终与叶师隔咫尺，扶行古道学前贤。
可怜痴梦稚童愿，欲起金风终得圆。
外祖父母余将别，风霜白发浑如雪。
大暑复严寒，憔悴费心血。
教我以诗词，使我童心悦。
但与骚人生共长，深爱花开悲落叶。
谁怜银烛桑榆晚，终宵犹把唐诗阅①？
因得师大家②，得进南开学。
而今欲去时，感念难具说。
莫念孙儿天外住，孙儿已持如玉节。
风霜不能改，烈火不能灭。
犹思一步一回首，依依不忍心欲裂。
欲裂复何用？只有图奋发。

二别慈父年半百，奔波来往东西陌。
日日多劳苦，忽忽双鬓白。
我欲去南开，慈父常相忆。
奋学淡成败，远隔沧海碧。
归来子已大，数年丰羽翼。
慈父定欢欣，无复长叹息。
三别蘋城临东海，恍然已住十三载。
常伴薰风寐，清凉消暑气。
冷冬房内暖，犹似花开季。
虽是神州子，不住神州市。
家在异国复何奇，故国有心如异地。
今欲别君斩荆棘，东渡云端千万里。
他日敛翼复归来，此童犹向诗中醉。
四别庭中开众芳，使我黯然神转伤。
丛菊傲霜霰，不得见君黄。
独守当年志，风雨近重阳。
金桂月中来，君且惜天香。
无人为挥笔，风流亦自芳。
堪悲院里樱花树，归来能见君如故？
情如手足浓，共喜还共怒。
无人伴花开，无人泣花舞。
谁复慎行走，不忍踏花路？
谁复挥彩笔，欲把东风驻？
夏自有繁阴，秋自红霜露。
冬寐变琼枝，芽复生春雨。
天地有常规，骚人觉甘苦。
生为万物灵，应自爱万物。
挥笔作诗词，深情同千古。
诗童传此情，重欲造心灵。
疾书数十句，仰首去神京！

① 终宵犹把唐诗阅：指外祖母翻阅《全唐诗》《全宋诗》等为我和妹妹选诗，有时会工作到很晚。

② 师大家：即师从迦陵师。

2011 年 8 月 17 日于纽约

2012 年 2 月 18 日改于南开

送八月

何日秋风天气凉，送君夏暮日犹长，不见青天雁字翔。
星稀日月正相望，风尘仆仆辞故乡。
永别天真结旧章，此事终身不得忘。
神州送我向何方？迢迢烟水路茫茫。
渺渺沧波易成伤，极目山头尽八荒。
滔滔志欲济长江，薄雾迷津照晚光，抡斧伐木做桥梁。

2011 年 8 月 31 日于南开

昨日弹琴有感

春江花月夜①，清光似水时。
飘送暮霞绮，散作轻烟细。
先人有志自沉吟，今宵我为发清音。
空中奋遗响②，为入故园心。
寒宫高碧树，万里泄流银。

① 即钢琴曲《春江花月夜》。

② "空中奋遗响"出自《古诗十九首》之"弹筝奋遗响"。

2011 年 9 月 5 日于南开

上课路上所见

忽见枝中数点金，晨晖日照动诗心。
乾坤一夜挥新笔，万壑千峰染碧林。

2011 年 9 月 9 日于南开

中秋无月诗

今宵碧宇月应圆，却唤阴云蔽远天。
我隔神州千万里，一家此夜不能全。

2011 年 9 月 12 日于南开

补写中秋月

金风玉露又相逢，秋夜乡心几处同。
西望蘋城家万里，灵犀一点或能通。

2011 年 9 月 13 日于南开

神州菊欲开

美人迟暮一何悲，谁遣羲和驻落晖？
莫道西风花落尽，冷香犹自放疏篱。

2011 年 9 月 22 日于南开

昨日文学院开学典礼

神州子兮，如兄如弟。
将与共学，同寐同起。
虽异国兮，犹敬骚魂。
诵其佳句，以得其纯。
光之细也，莫之弃也。
惠彼诸兄，志国之起也。
文学院兮，古风亦存。
愿不相违，守驻千春！

2011 年 9 月 25 日于南开

落 叶

萧萧何处起秋风？万里无云扫碧空。
蝶舞翻飞黄叶落，始珍长夏绿葱茏。

2011 年 9 月 29 日于南开

惊九月最后一天

回首匆匆月又圆，几回独上碧楼前？
恍如隔世蘋城友，极望残霞照满天。

2011 年 9 月 30 日于南开

孤　星

茫茫黑夜一孤星，举世昏眠我独醒。
云际微躯何渺小，人间犹自有光明。

2011 年 10 月 3 日于南开

黄叶二首

见窗前白杨树一枝树叶已黄。

谁染秋风片片金？犹留残翠忆春心。
匆匆莫唤飘零早，长夏炎炎有碧阴。

计日霜林红满枝，无端却忆夏炎时。
一年又至飘零节，独在他乡泪下迟。

2011 年 10 月 4 日于南开

秋 月

半轮秋月挂天东，玉洁冰清处处同。
共望寒宵虽万里，容光遥映在心中。

2011 年 10 月 7 日于南开

蝶恋花　十月暮

月照寒霜空自叹，恍似前朝，方觉今朝幻。昔日南风吹已远，堪惊换作年光晚。

玉魄圆亏君莫算，谁驻光阴，只解飞如箭。欲别金秋终不怨，殷勤直看枫林遍。

2011 年 10 月 31 日于南开

忆晴天

忆晴天，忆晴天，飞越苍茫云海间。
丹心直上碧空遥，衰荷湖上罩轻烟。
诗情既共翔云鹤，初志凌风又益坚。
迢迢峰峦望路远，登楼直见雪山边。
雪山边，樊城事。山峰如剑待朝日。
朝日雄雄出海湾，朝霞光映湖上最浑然。
薄暮残光凝暮紫，玉京至境亦如此。
玉京仙，今不见。觉来仰首皆寻遍。

空有芙蓉胜彩云，问君竟待何时献？
愿乘白鹭向云端，尘埃重重盖眼前，
无人此去得生还。
安得永忆晴空思梦里，使我不得开心颜！

2011 年 11 月 3 日晨于南开

思蘋城院中樱花树

一棵樱树立庭中，岁岁年年伴小童。
今至神州仓促别，世间何事复西风？

纽约家的后院有一棵伴我一起长大的樱花树，其实比我还大两岁，是附近长得最好的一棵樱花树。每年秋天，樱花树的叶子会变成各种美丽的颜色，真的"红于二月花"，可今年我不在纽约，所以说"世间何事复西风？"

2011 年 11 月 7 日于南开

2012 年，牛牛 14 岁习作

滞留北京机场

窗前银翅似鹰翔，四海游人归故乡。
过尽千回皆不是，光阴荏苒路茫茫。

2012 年 1 月 16 日于北京机场

归蘋城

归蘋城兮我心悦，碧空远兮寒风烈。
浑似梦兮又还醒，家中人兮发如雪。
祖父祖母兮犹朱颜，喜结心中兮不能言。
久别来兮皆无恙，白驹逝兮已半年。
家中物兮亦如故，花草未离兮诗童去。
菊已枯兮抱残香，欲伴君兮天已暮。
天已暮兮将奈何？荏苒岁月兮易蹉跎。
夜其长兮终难寐，望今晓兮发为歌。

2012 年 1 月 17 日于纽约

虞美人　　对蘋城院中有感

　　枯菊临风香已散，金桂寒宫畔。空余满地叶飘零，遥望孤松门外为谁青？

　　年光一响抛人去，几度黄昏雨。故乡为客自多时，天碧凭栏回首夕阳迟。

2012 年 1 月 18 日于纽约

夜　雪

　　万片舞长空，寒梅落晓风。
　　目穷千里白，窗畔一诗童。

2012 年 1 月 21 日于纽约

二月初

　　问君何事又重来？阶下梅迎晓露开。
　　天地自行君自去，空留明月映瑶台。

2012 年 2 月 1 日于纽约

蝶恋花 见枝上小芽又长

高树白杨临远道，步步春来，处处新芽小。爱坐窗前迎晚照，喜看今岁韶光早。

因念蘋城犹料峭，为问樱花[①]，可奈空枝老？一日芳苞能见了，乘风飞过烟波渺。

① 樱花：纽约家的后院有一棵伴我一起长大的樱花树，其实比我还大两岁，是附近长得最好的一棵樱花树。它每年春天长芽开花都比较晚，所以我说"一日芳苞能见了"。

2012 年 3 月 10 日于南开

大雾二首

独步楼边心渺然，不分尘雾与云天。
茫茫四顾人何在？空望婵娟又一年。

大雾风吹有散时，何需怫郁怨归迟？
书生自有前人学，一部《心经》几卷诗。

2012 年 3 月 17 日于南开

思蘋城早春

流云远逝苍波杳，昔日无忧今渺渺。
寒风回首一何悲，白杨满目空枝老。

此首及后一首是押仄声韵的。

2012 年 3 月 26 日于南开

示 己

昔日不回今日逝，流年轻度成何事？
黄金台①上望东风，阳春已向心头至。

① 黄金台：燕昭王为求贤，筑黄金台。"黄金台上望东风"，言对春的尊敬、
渴望、重视。自会有"无数心花发桃李"（苏东坡诗）。

2012 年 3 月 27 日于南开

蝶恋花　锦丘

淡粉嫣红开簇簇，相映山坡，枯草晨辉绿。溪绕垂杨春
满目，徘徊欲赏情难足。
滚滚红尘心自束，谁识樱花，或解骚人趣？珍重锦丘楼
外独，不须更叹韶光促。

"锦丘"是坐落在南开大学河边的一个小丘，那里开满了樱花和海棠花，"锦丘"是取"繁花似锦"之意。把描写海棠花、桃花和其他花卉的古诗词制成纸牌，挂在南开校园的花树上，是从"锦丘"开始的。

2012 年 4 月 14 日于南开

赠窗前绿叶

香满和风霞满枝，韶光未半且迟迟。
应知绿树成阴日，便是飞花似雪时。

2012 年 4 月 17 日于南开

海棠花

千树庭中明似雪，多情谁欲染胭脂？
此生能傍花枝尽，拂袖香风便是诗。

2012 年 4 月 18 日于纽约

惜落花

立尽残阳谁与论？遥天云畔送芳魂。
残英且化春泥去，一片丹心万古纯。

2012 年 5 月 5 日于南开

补写立夏

造化有情花落去，重来昔日绿成荫。
四时相易乾坤律，无奈常怀赤子心。

2012 年 5 月 6 日于南开

鹊桥仙　忆樊城

西山白雪，东城碧水，如梦诗心曾驻。而今银汉落红尘，只剩却、清风如故。

林中幽径，云间海鸟，还记流霞欲暮？琴声吹散送斜阳，待月照、溪桥归路。

2012 年 5 月 16 日于南开

满江红　拜读迦陵师、范先生水龙吟有感

加拿大 Alberta（阿尔伯塔）大学授予范曾先生荣誉博士学位，仪式于今年 5 月 26 日举行。迦陵师与范先生相识于 20 世纪 70 年代，有诗词之谊，闻此喜讯，填《水龙吟》一首相赠。范先生又写《水龙吟》一词相答。迦陵师既为余之恩师，范先生又为余素所景仰，拜读二词，填《满江红》一阕。

千古骚魂，遥渡海、京华曾别。天地会、山头旭日，沧溟皓月。屈子纫兰湘水碧，叶师彩笔丹心切。范公喜、素卷绘灵均，知音结。

空回首，晨烟阔。思往事，凭谁说。但春风秋雨，鬓生华发。不负三春桃李育，欣看九畹滋兰发。看天孙、彩锦胜云霞，盈仙阙。

2012 年 5 月 24 日于南开

送五月二首

北溟天外浪，暮霭近烟舟。
化作幽光逝，江山此夜愁。[①]

① 此首灵感来自李义山"今日东风自不胜，化作幽光入西海"二句。

虽设琼浆饯此行，哀弦急管不堪听。
忽惊皓月出东岭，独送扁舟过远汀。[①]

① 这一首是想象为五月送行的情景。

2012 年 5 月 31 日于南开

闻奇香

问君何事落尘埃？举世无芳信可哀。
虽有丹心昔日逝，谁人筑我黄金台？[①]

① 此句"黄金台"为三平，出自李白"谁人更扫黄金台"。黄金台为燕昭王招贤纳士所筑，第三句"昔日逝"为三仄，为救下句三平之拗也。

2012 年 6 月 7 日于南开

六月中

才至薰风又一年，蘋城毕业志翩翩。
今如隔世空回首，期末无情在眼前。

2012 年 6 月 15 日于南开

仿《离骚》体 端午节忆屈原

彼屈子之好修兮，爱兰芷而高洁。
不与世俗之阿谀兮，如深宵之皓月。
奈昏君之不察兮，恨诸雀之多言。
使乱世之忠臣兮，独行吟兮江边。
悲故国之衰亡兮，痛举世而无贤。
投湘流之洪浪兮，遂永别兮人间。
此万世之所仰兮，古志士之所敬。
虽难至而向往兮，闻山寺之孤磬①。
滔滔江之已去兮，何污浊而不清？
无乃醉而不觉兮，独寂寞而犹醒？
屈子魂其何处兮？何诗童之不待？
弄泽畔之湘弦兮，恍云中之仙籁②。

① 借用王静安先生《浣溪沙》中"上方孤磬定行云"。
② 迦陵师《蝶恋花》"恍闻天籁声相应"。

2012 年 6 月 23 日于南开

欲 雨

心中郁陶，积已久兮。
屈子离骚，终不朽兮。
发奋著书，君不能兮。
终日阴阴，压中城兮。
造化神威，君且现兮！
吾辈骄奢，君不见兮！
念灵均兮，古之贤兮。
谁继孤高，弄湘弦兮？
骤雨倾江！雷轰鸣兮！
电掣银龙！风莫停兮！

2012 年 6 月 24 日于南开

归纽约

彼何人之察察兮，以拒物之汶汶①？
惊碧空之杳杳兮，惯苍天之沉沉。
渺神山之云城兮②，耀天际之晨晖。
乘万里之海运兮③，遥敛翼而来归④。
祖父祖母之犹健兮，慎长夏之炎炎。
又半岁之匆匆兮，喜白发而朱颜。
吾禅友之霜瓣兮，映诗心之如雪。
莫忧八月之金风兮，待天东之皓月！

①《楚辞·渔父》："安能以身之察察，受物之汶汶者乎？"

② 飞机上，看到天边的云像高楼，我就想象那是仙人住的城市。

③《庄子·逍遥游》："海运则将徙于南溟。"

④ 陶渊明《饮酒·其四》："敛翼遥来归。"

2012 年 7 月 8 日于纽约

蝶恋花

迦陵师教以用典，故今日试用典矣。

独立霜风凌暮雪。堂上书生，徒自生华发。国破只留江畔月，流离可见初心灭？

千古遥瞻谁得说？半壁山河，更志朝天阙。正气浩然终不绝，今朝且把诗词学。

虽曰用典，而实用古人诗意，依次为杜甫《秋雨叹·其三》（堂上书生空白首）、《春望》（国破山河在）、岳飞《满江红》（待重头、收拾旧山河，朝天阙）、文天祥《正气歌》。

2012 年 7 月 29 日于纽约

蝉

为谁终日响无眠？露重风多碧树间。

举世何人信高洁？自如澄练晚秋天。

2012 年 8 月 9 日于纽约

清平乐　秋晴

（一稿）

天高云淡，风起平湖畔。忽觉堪惊长夏换，明月才亏还满。

人间玉露金风，南强天竺香浓。却忆冰霜未至，笑寻白蝶芳丛。

（二稿）

天高云淡，风起平湖畔。忽觉堪惊长夏换，明月才亏还满。

丹心直上重霄，悠悠天路迢迢。霜瓣晓来清梦，独凌寒露今朝。

2012 年 8 月 13 日于纽约

无　题

谁遣羲和驻落晖？茫茫四顾我安归？
云端寂寞孤鸿影，独宿寒塘不识危。

2012 年 8 月 14 日于纽约

秋 雨

萧萧秋雨，自朝还暮。
渺隔云山，如行天路。
萧萧秋雨，孤舟其阻。
四顾茫然，我归何处？
萧萧秋雨，流年轻度。
不见钟期，欲寻谁诉？
萧萧秋雨，残钟远树。
怅望楼头，终日无语。

2012 年 8 月 17 日于纽约

三日后去南开别家中墙上干叶

八月天风叶欲黄，白蝶倦舞觅幽香。
人间草木忧零落，君独不见挂东墙。
三年已惯诗童笔，焉愁行令肃飞霜？
但觉闲云自来去，仰观银汉夜初长。
而今一岁不相见，堪伤两地他乡怨。
常记秋树映斜阳，恍惚丹心何事变？
孤帆白影去悠悠，泛泛随波下江流。
各守芳魂相见日，共看明月出山头！

挂在家中书桌前墙上的干叶，还是数年前捡到的那片叶子。世事变迁，而干叶如故，诚可叹也。

2012 年 8 月 21 日于纽约

菊　花

无因偏至降霜时，珍重芳心独放迟。
蜂蝶不来寻夏梦，残蝉犹自唱高枝。

2012 年 9 月 16 日于南开

迎十月

悠悠如梦中，晓日幻霜枫。
不敢临川望，流年入远空。

2012 年 10 月 1 日于南开

寒　露

　　昨日于迦陵师家中上课，要求以"草色多寒露"为上联写下联，故今日以"草色多寒露"为起句而对之。

草色多寒露，天香满玉楼。
参差云外影，渺渺为谁愁？

2012 年 10 月 10 日于南开

忆江南　　晨起犹黑

天未雪，何事已先昏？久待清光徒怅望，更悲长夜漫销魂。且奏玉京门。

门不启，忠直与谁论？海上神山何日现，云中环佩几时闻[①]，召见此微臣？

① "云中环佩"句，出自沈祖棻先生《浣溪沙》词（兰絮三生证果因）。余若仙帝之微臣，云中环佩，盖玉帝召我者也。

2012 年 11 月 19 日于南开

蝶恋花　　小雪

露作寒霜霜作雪。逝水临川，无复闻呜咽。楼上清歌浑未彻，锦书已断飞鸿绝。

门外回风吹落叶。皎皎长空，犹是当时月。料得婵娟应不觉，人间愁恨何时灭？

2012 年 11 月 22 日于南开

仿《九歌》体 忆菊花

彼闲庭兮萧条，金风冷兮天高。
哀吾兮碧树，满地红叶兮竟飘摇！
似五月兮韶光，却暖暖兮残阳。
天地之德兮，何摧芳菲兮以为常？
惟冷香兮如故，风凛凛兮欲暮。
昔日兮群芳，今余尔兮临永路。
锦簇簇兮不艳，自高人兮霜殿。
吾友兮异国，虽万里兮情何限？

2012 年 11 月 29 日于南开

读迦陵师早年《短歌行》颇为所感故为此作

易水寒波孤月明，荆卿歌罢何人听？
汉宫寥落生野草，凌烟阁上少丹青。
雕栏犹在沧桑易，只今荒冢绕流萤。
人生古来谁无死？唯傀傥者留其名。
亦胜严霜催木脱，西风长啸十三陵。
骚魂泣，鬼神惊。太白子美今何在？
黄鹤一去竟无返，三山犹落青天外。
我今仰首问仙京，长江能得几回清？
人间谁教朱颜改？不化扬尘若有时，
长江已入茫茫海。

2012 年 12 月 19 日于南开

2015 年，迦陵师与牛牛在迦陵学舍

2014 年，陈洪先生与牛牛在南开大学

初 登 诗 门

2015 年春，牛牛与同学在南开大学校园的花树上挂的诗牌

2013 年，牛牛 15 岁习作

洞　庭

洞庭波冷梦难寻，化作明珠向海沉。
独泛清波斜日晚，暮烟凝处泪沾襟。

2013 年 2 月 7 日于南开

鹧鸪天　读刘波老师《文人画与文化人》一文有感

吾道沉沦感不禁，漫漫长路觅知音。但讥宦族堂中醉，谁伴书生月下吟？
思往圣，叹如今。浮华哪识碧潭深？君看泼墨丹青外，却是诗骚万古心。

刘波，博士，导师为范曾教授。现供职于中国艺术研究院中国画院，任文化部青联副主席。这篇《文人画与文化人》，2013 年 3 月 2 日载于《光明日报》。

2013 年 3 月 3 日于南开

仿《离骚》体

彼阊阖之杳杳兮，望羽客之若浮。
思众星之碧宇兮，觅尘世之香丘。
此俗眼之不察兮，幻琼楼之倩影。
乘云槎而信风兮，泛素波之千顷。
胡为翻覆而弃我兮？吾上下而求索！
终不至尔瑶台兮，叹冤魂之难托！
惟雾霾之滚滚兮，遮茫茫之沧海。
波有竭而成石兮，知此恨之无改！

2013 年 3 月 18 日于南开

忆栀子花

伴君幽坐待何时？泪寄沧州怨已迟。
若见孤芳碧丛里，天风白浪复何辞？

2013 年 4 月 6 日于南开

梦锦丘诸树

花开已识春难驻，丹丘万里无寻处。
唯将绮梦托高枝，留得人间香满路。

2013 年 4 月 16 日于南开

清明唱和诗

行云无住在天涯，雨化人间自可嘉。
游絮东风春且驻，花开九品育莲华。

　　2013 年 4 月 21 日，收到迦陵师在温哥华写的一首《清明唱和诗》，很多人和了迦陵师的诗，我也和了一首。

2013 年 4 月 27 日于南开

忆纽约樱花树

故城西万里，吾树竟何如？
谁道春难久？冰心犹似初。

2013 年 5 月 11 日于南开

有　感

三分五月二分尘，尘散清风旧梦痕。
留我凭栏空怅望，飞花天际送余春。

2013 年 5 月 21 日于南开

水龙吟　敬祝迦陵恩师华诞

　　沧溟皓月东天，京华盛会繁星睹。冰轮圆缺，人间悲笑，几回寒暑。屈子幽兰，稼轩长剑，骚魂永驻。化白莲江畔，清香四海，神州起，挥毫赋。

　　多少晨晖暮雨。念樊城、寸心难诉。凌云孤梦，平生心血，不辞劳苦。岂为诗童？漫山桃李，此情千古。倩碧霄云鹤，乘风万里，觅瑶台路。

2013 年 7 月 5 日定稿于北京

仿鲍照《行路难》

拔剑临高山，西沉白日竟谁主？
酹酒祭长川，惊涛如雪没烟渚。
丈夫远游何所立？唯见霜天碧千古。
骚人去兮世多艰，空垂彩翼歌行路。

2013 年 9 月 1 日定稿于南开

秋　雨

风雨凄凄寒雁哀，披衣独坐起徘徊。
多情只与愁人听，到晓无眠滴石阶。

2013 年 9 月 4 日于南开

中秋节寄迦陵师

目渺渺兮樊城，望东海兮月华升。
玉宇寒兮天香至，盼归来兮聚神京。
忆白莲兮江畔，独娉婷兮何人伴？
西风起兮洞庭波，征鸿鸣兮渡河汉。
照千古兮诗心，怀忧苦兮托孤吟。
叹皎洁兮凭谁识？浓云卷兮自晴阴。
今宵满兮无缺，碧空远兮凝霜雪。
月与人兮共婵娟，曾何言兮音尘绝？

2013 年 9 月 19 日于南开

秋　阴

漫说碧天高，风吹客梦遥。
浓云垂四野，荒渡打寒潮。

2013 年 9 月 21 日于南开

近日读阮籍《咏怀诗》，试仿其风格亦作一首

雏凤从西来，翩轩过山岗。
野草尽衰残，白菊有遗芳。
回风动地起，渺渺极八荒。
迟暮亦如此，繁华岂得长？
因念蓬莱阁，皎皎被凝霜。
风烟迷归路，长鸣心内伤。

2013 年 10 月 19 日于南开

霜　降

春晖昔日梦难消，一任霜寒草木凋。
为有长空明月在，不辞风露立中宵。

2013 年 10 月 23 日于南开

有　感

莫向人间怨不平，芳菲摇落志何成？
韶阳哪识寒秋雨？千载徒闻落叶声。
枉植幽兰兰未发，空歌明月月无凭。
浮槎若有归来日，伫立长河水自清。

2013 年 10 月 28 日于南开

天籁二首

恍闻天籁云中下，独立高楼尽晚钟。
暮色烟光谁与应？四方寒壁起回风。

恍闻天籁云中下，摇荡青冥入晚风。
为许知音歌白雪，不辞薄袖立霜钟。

2013 年 11 月 2 日于南开

落　叶

爱踏斜阳落叶飞，金枝满目照余晖。
西风时起吹罗带，独立空林未忍归。

2013 年 11 月 6 日于南开

瑶　华

昔人清夜梦瑶华，香在悠悠碧水涯。
万古青冥谁得至？开轩唯有玉钩斜。

2013 年 12 月 26 日于南开

2014 年，牛牛 16 岁习作

古 风

大雅久不作，浮世日沉沦。
周公乐何在？天道与谁亲？
屈子投江没，抱志守其纯。
陶令饥寒迫，未肯降其身。
昔人此高节，今朝安足论？
所悲财不聚，车马不盈门。
圣贤多寂寞，志士常苦辛。
来吾导先路，以问桃源津！

2014 年 1 月 8 日于南开

咏 怀

生涯久不支，况值岁寒时。
鸿雁飞来早，故乡泪下迟。
寸心归旧作，悲愿入新诗。
敢向金莲拜，甘为玉露滋。

2014 年 2 月 2 日于纽约

昨宵见月

皓月东天起，琼楼碧宇寒。
清光何日满？云外与谁看？

2014 年 2 月 12 日于纽约

沧　波

心头一片沧波远，脚下千重白浪高。
独立天风扬浊海，扁舟何日破惊涛？

2014 年 2 月 18 日于南开

春　日

春日芳菲冬日雪，青山远近白云洁。
眼前景物任推移，此身原是分明月。

2014 年 2 月 27 日于南开

南 吕　一枝花

昨天上课的时候，迦陵师让我们谱南吕·一枝花，今天试谱。

千江明月寒，四处飞花乱。几回征客梦，孤枕泪痕残。行路艰难！因底事不见扬尘散？问何人能教逝水还？好待他地阔天宽，勿使我心灰意懒。

2014 年 3 月 9 日于南开

日　落

积雪映残照，独观红日西。
汉家陵阙上，回首洛阳低。

2014 年 3 月 20 日于南开

桃花落

桃花片片随流水，望断清溪送暮春。
昔日丹丘何处是？孤舟不见武陵人。

2014 年 4 月 16 日于南开

哀落花

开时不惜胭脂朵，落后徒知抢地哀。
可恨薄情真弃汝，当初何意赏花来？

2014 年 4 月 16 日于南开

蘋城春雪二首

昨日飞花落晓风，盈盈白雪故城中。
何当举袂凌波去，为守寒苞一树红。

吾生本是浮槎客，永忆春风放最迟。
逝水残阳寄清泪，明朝流到故园枝。

2014 年 4 月 17 日于南开

贺新郎　敬祝迦陵恩师九十华诞，谢恩师五年之教诲

皓月澄寰宇。立琼楼、风吹广袖，碧霄孤旅。阅尽悲欢离合事，更许高寒千古。照此界、山河无数。久仰清辉怀痴梦，谢当年曾受樊城露。多少意，未能赋。

求师来往天涯路。觅骚魂、弦歌白雪，五经寒暑。常感灵均芳菲愿，指点桃园津渡。时雨化、神州净土。九畹滋兰春常在，作人间百世韶光主。南海阔，共飞举。

2014 年 4 月 26 日于南开

赠樱花树二首

花落春犹在，飞红似海连。
待吾归去后，童子卧花眠。

谁道阳春绝？万树心头发。
不见落花飞，东风盈瑞雪。

2014 年 5 月 8 日于南开

炎　暑

望断清风眼欲枯，暑天不惜旱江湖。
薰风吹火诚难出，烁石流金未有余。
肝胆遗冰归造化，昆仑积雪复虚无。
手提四海归莲界，证取吾心在玉壶。

2014 年 5 月 18 日于南开

五月末

渺渺兮谁俟乎江潭？
五月兮去也，乘云浪兮载云帆，
行于湘水之末，碧海之南。
碧海直下千万里，何人能唤蛟龙起？
如鸣鼓兮裂惊涛，圣王作而万物礼。
降时雨兮化炎阳，稼穑繁兮草木长。
丰衣食而知荣辱，制礼乐兮焕文章。
雾朝兮烟暮，霜红舞兮落秋树。
皓月兮空山，蛟龙止兮今何处？
哀人事兮感四时，寒暑交兮日月移。
倦观成败红尘里，举手谢，吾将去兹！

2014 年 5 月 31 日于南开

忆蘋城夏日

人间何处有严霜①？清露溥溥②映晓光。
画舸归来云浪白，海天一色是吾乡。

---

① 借用王国维《浣溪沙》（似水轻纱不隔香）的最后一句。
② 溥溥：露水很多的样子。前段时间我在校对迦陵师论苏东坡的英文文稿，
　 文章中引用了苏东坡的《沁园春》（孤馆灯青），其中有"云山撷锦，朝
　 露溥溥"这两句。其实，"溥溥"最早的出处是《诗经·郑风·野有蔓草》
　 的"零露溥兮"，毛传解为"溥溥然盛多也"。

2014 年 6 月 5 日于南开

采莲曲三首

鼓棹入斜阳，莲花满袖香。
冰心莫轻许，持此但归乡。

空思云鹤侣，一阵黄昏雨。
浩渺隔烟波，中心千万缕。

将与莲为伴，不复迷空幻。
苦海始能航，共至菩提岸。

2014 年 6 月 15 日于南开

欲 雨

其雨其雨，杲杲出日。
清风其来，炎暑其息。
其雨其雨，稼穑青黄。
干于四野，不待飞霜。
其雨其雨，我归其阻。
道其没乎！视为尘土。
其雨其雨，江河欲竭。
雨其降兮，重归皓月！

2014 年 6 月 16 日于南开

晨 起

晨起望江潮，心随白浪高。
千年如一日，荣辱化惊涛。

2014 年 6 月 17 日于南开

本科毕业有感

常感三春雨露心，诗魂孤梦有知音。
书生难忘千秋业，要共前贤探古今。

2014 年 6 月 18 日于南开

夏 至

独立常观望，危楼倚远空。
新荷香欲出，吹散月明中。
草木葱茏发，樱桃取次红。
昼夜阴无雨，玄云垂地浓。
前年夏如此，去岁夏亦同。
岁岁夏无异，红尘尚未慵。
各自驱车马，驰骋心所忠。
但见扬尘起，不闻古道通。
浩浩阴阳移，轮回始复终。
何当觉生死，长揖拜周公？

2014 年 6 月 21 日于南开

朝 阳

鲲鹏云翼，曜彼朝阳。
独乘海运，万里归翔。
园有佳木，绕我檐房。
清风徐至，拂我衣裳。
念此良辰，何惧飞霜？
心无尘杂，即是吾乡。
久立庭中，目送晨光。
扶摇其逝，没于远方。

2014 年 7 月 9 日于纽约

蝶恋花　赠栀子①

　　吾友禅心真欲发。香满回廊，重瓣生明月。待至功成开似雪，八风不动扬尘绝。
　　妙法菩提能见说？清静无瑕，忘却炎天热。莫道人间光自灭，此心无怨常高洁。

① 栀子花的雅号是禅友，所以联想到了栀子花的"禅心"。

2014 年 7 月 18 日于纽约

观 海

白浪接天，银云垂地。
乾坤正气，纳于其里。
君子如斯，方成大器。
愿化沧波，无悲无喜。

2014 年 7 月 21 日于纽约

孤 舟

一江烟月迷津渡，归我源泉溯逆流。
笑问清波何处有？千山不退是孤舟。

2014 年 7 月 29 日于纽约

丰 收

如今始觉农家乐，夙夜无休硕果繁。
几度风生斜照晚，依依满袖带香还。

余之舅父植花卉与蔬菜于后院中。暑假归来，日日为其浇水、除草。茉莉既开，蔬菜亦长，以吾人之力自给自足，今得丰收，不亦乐乎！

2014 年 8 月 10 日于纽约

庄严寺①闻暮鼓

威仪威仪，震彼十方。
乾坤为荡，妖兽匿藏。
惊涛万里，怒激汪洋。
苦海辽阔，悲愿可航。
宇宙洪荒，法力无疆。
一切有情，今日归乡。

---

① 纽约庄严寺是沈家桢居士所创建。寺院观音殿内的大鼓，有一人多高，敲鼓时，其声洪亮，可震十方。

2014 年 8 月 11 日于纽约

念奴娇　步苏轼《念奴娇·赤壁怀古》原韵

碧霄无际，仰头问、世上情为何物？寒云不语，空怅望、立尽残阳绝壁。江上名来，潮中利往，谁见心如雪？一时沉寂，古今多少豪杰？

几度蛮风骤雨，遍地残红，不待幽兰发。百代清香摇拽处，未共繁华泯灭。半世高怀，千秋遗愿，忍负星星发？孤灯犹照，恍如天畔明月。

2014 年 8 月 14 日于纽约

赠茉莉二首

近两日单瓣茉莉每日开五至六十朵，前所未见，不可无诗也。

风吹罗袖有余香，袅袅如烟月满廊。
日夜凝霜花似阵，行人不忍去他方。

行人真欲去他方，留尔园中独自芳。
日暮何人觅花落？西风一夜竟成霜。

现在后院除了三盆单瓣茉莉之外，大舅舅又买了五盆重瓣茉莉。单瓣茉莉开得很多，每天我都把落花捡回来。最近它们开得特别多，我就写了这两首诗。

2014 年 8 月 22 日于纽约

清 风

清风徐来，拂我衣裳。
秋霜欲至，一叶飘扬。
九月蟋蟀，入我空堂。
谁怜花落？谁送斜阳？
君留情兮，无散余芳！
漫漫长夜，魂向何方？
佳节如斯，百岁其亡。
仰观白日，鸿雁成行。

2014 年 8 月 24 日于纽约

别蘋城

飞机明日早上 7:20 起飞，故今日作之

明日此辰至，扶摇入云间。
游子将远行，未知何时还。
挥泪共成别，回首望瑶天。
书生志不移，何畏苦与艰？
吾今德未彰，洁己尚先贤。
心中存净土，哀怨遂无端。
我欲化天风，一刹散尘烟。
愧无双羽翼，徒作此长篇。

2014 年 8 月 27 日于纽约

忆松鼠二首

料君又食无花果，枝上垂垂总是青。
遗我篱边二三实，归来春雪味犹清①。

忆昔窗前终日看，共寻花影暮烟残。
如今何事萦怀抱②，双鬓犹青梦已阑。

① 我们家后院有一棵无花果树，整个暑假，松鼠每天都去看有没有熟的无
　花果，我们还没来得及摘就已经被松鼠吃了。我希望松鼠能留给我们几
　个，寒假回去吃。

② 去年写这首诗的时候，并没有读过多少纳兰性德的词。现在回过头来看，

总觉得"萦怀抱"有点奇怪，想查一下古人有没有用过。结果不但有人用，其中的五个字还与我的那句诗是一样的！这句词出自纳兰性德的《采桑子》（谁翻乐府凄凉曲）："不知何事萦怀抱。"

2014 年 9 月 7 日于南开

对月三首

云外挂寒宵，音书漫寂寥。
姮娥应有愿，独守月华高。

月照寒江临素波，恍闻当日荆卿歌。
荆卿一去不复返，独见兴亡奈若何？
行者昨夜渡恒河，为君醉舞影婆娑。
愿化清光终万古，不堪人世日蹉跎。

皎皎明月，照我孤床。
我心何郁，忧至无方。
皎皎明月，挂于寒空。
君自何来？又何以终？
皎皎明月，无终无始。
庸庸尘世，怨亦无止。
终兮始兮，岂非幻象？
月之明兮，千古同望。

2014 年 9 月 9 日于南开

天 命

天命实茫然，人心诚不测。
孰可识精微，辨之如月白？
辗转生死中，灵明独未失。
守之乘浪阔，勿使蛟龙得！①

① 以上二句化自杜甫《梦李白·其一》的"水深波浪阔，无使蛟龙得"。

2014 年 9 月 12 日于南开

初秋偶题

天水悠悠一色蓝，流云倩影落孤潭。
沉浮世事多如许，我拜恩师立杏坛。

2014 年 9 月 17 日于南开

哀茉莉

忍见残花落满台？佳期何事不重来？
唯余一朵含苞在，却向西风独自开。

2014 年 9 月 18 日于南开

秋夜听雨

秋夜焚香听雨时，半山黄叶绕阶墀。
一声滴破红尘梦，独坐寒窗更漏迟。

2014 年 10 月 4 日于南开

杂　诗

人生虽有意，天命本无常。
昔日花前露，今宵月下霜。
自知肠内热^①，难抵世间凉。
梦化三秋蝶，窥丛觅晚芳。

① 用杜甫"穷年忧黎元，叹息肠内热"之句。这里的"肠内热"既可理解
　　为杜甫原诗中为百姓担忧，直至心急如焚，也可理解为真诚、热烈之感
　　情与积极入世的理想。

2014 年 10 月 11 日于南开

已　寒

半帘秋月照空床，寒入罗衣夜渐长。
尘世无情灯火熄，几人憔悴立严霜？

2014 年 11 月 9 日于南开

有　感

寄语羲和勿着鞭，东西白日换流年。
一杯秋露何时尽？沧海茫茫未有边。

2014 年 11 月 13 日于南开

独　行

独行黄叶满空街，久立天门门不开。
日日西风吹暗雨，人间何处有莲台？

2014 年 11 月 20 日于南开

菩萨蛮　步韦端己《菩萨蛮》（红楼别夜堪惆怅）原韵

红楼夜夜堪惆怅，清辉到晓熏罗帐。一响梦醒时，西风
和雁辞。
浮生如翠羽，莫作销魂语。霜雪落谁家？飘零空似花。

2014 年 11 月 22 日于南开

茉莉开，今日犹未落

光照三千世界中，妙香一阵入虚空。
冰心十瓣凝霜雪，敬奉弥陀耐冷冬。

2014 年 12 月 2 日于南开

好事近

　　银烛锁空堂，今夕不知何夕。霭霭雾生瑶阙，怅云中仙笛。

　　从来三界少知音，终夜为谁立？举首碧霄孤月，共清辉无极。

2014 年 12 月 12 日于南开

2015 年，牛牛 17 岁习作

书 怀

莫问当年寂寞心，萧条异代结知音。[①]
明灯无数驱长夜，一片光芒彻古今。

① 化用杜甫的诗句"萧条异代不同时"。

2015 年 1 月 16 日于南开

昨 夜

昨夜银床梦不成，碧空何处雁三声？
怀中摘得星辰满，身在琼楼第几层？

2015 年 1 月 22 日于南开

孤 帆

一片孤帆白影摇，太行山外月轮高。
蓬莱似见沧波里，便拟追寻暮与朝。

2015 年 1 月 25 日于南开

闻美国东北部下暴雪航班取消悲而赋此

三川白雪阻归程，天地无私玉满城。
远客有家归不得，相思一夜对青灯。

2015 年 1 月 27 日于南开

好事近　赋得家中墙上干叶二首

永夜对疏星，鸿雁不传消息。几度碧烟沉阔，渐冰心如石。
爱君犹自挂东墙，只是易颜色。回首旧时哀乐，任风吹无迹。

往事只堪哀，一片落红如血。谁料碧云浮宇，化寒空飞雪？
人间枉自有银河，千里共霜月。忍对清光万古？伴孤灯明灭。

2015 年 2 月 1 日于纽约

咏　怀

东天白日起，德辉耀四方。
忽忽天西下，远水送残光。
昼夜恒相易，谁言来日长？
此身安足贵，殉道以为常。

2015 年 2 月 7 日于纽约

幽　兰

彼幽兰兮四时芳，被纤服兮发荣光。
有所思兮天之角，自垂首兮华不彰。
君子行兮立深谷，人未识兮怀珠玉。
永夜长兮压中堂，幽兰姣兮如明烛。
雪纷纷兮下今朝，振朱华兮彻寒霄。
恍灵均兮吟楚泽，栽秀苗兮遍江皋。
逾千古兮同悲泣，仰前贤兮难寻觅。
彼幽兰兮士之心，将驰骋兮步行迹。

2015 年 2 月 18 日于纽约

新 年

爆竹声中又一年，东风飒飒至良田。
神州何处轻雷响，惊起苍生醉里眠。

2015 年 2 月 19 日于纽约

新年有感

犹自飘然天地间，骚魂李杜有遗篇。
黄泉碧落难寻觅，望极层楼海角边。

2015 年 2 月 19 日于纽约

积 雪

积雪满空庭，万树梅花发。
夜来大地明，风起长天阔。
遥想林栖者，琼界今已达。
独立雪中歌，证取心如月。

2015 年 2 月 24 日于纽约

暮 雪

暮雪于林，寒夜将侵。
谁知我意？净土难寻。
独哀尘世，寒夜将至。
不念民人，高飞远逝。
或降于山，或入于江。
昔日皋兰，无复清香。
痛哉其没，遗我魂魄。
夜虽长兮，江心月白。

2015 年 2 月 26 日于纽约

感 怀

凤凰久不至，吾生亦多劳。
孰能脱尘累，万事轻鸿毛？
手把芙蓉立，玉京白影遥。
圣者渡苦海，反身回浪潮。

2015 年 3 月 2 日作于纽约

仿九歌体

满堂兮美人，竟无与予兮目成。
复何言兮幽坐，岂回风兮可乘？
若清光兮难掇，吾忧怀兮无断绝。
仰首兮浩歌，踏孤山兮寻皓月。
皓月兮青天，光如水兮浪无边。
美人兮何在，空垂首兮诵遗篇。

2015 年 3 月 12 日作于南开

春　阴

近日又春阴，沉沉压我心。
信予终好古，与尔共生今。
光自心中发，寒从足下侵。
暖风昨宵断①，惊起梦无寻。

① 昨夜暖气停止供应，故云"暖风昨宵断"。

2015 年 3 月 16 日于南开

忆蘋城樱花树

人间花海自为多，清梦归来乘逝波。
不念流霞终散去，但伤昔日醉中过。

2015 年 3 月 19 日于南开

杨　柳

忆君久不过桥边，堤上朦胧十里烟。
昨夜东风吹又至，金丝何处水云间？

2015 年 3 月 24 日于南开

菩萨蛮　海棠

庭中四处明香雪，东风袅娜迎新月。楼外淡斜晖，踟蹰人欲归。

从来天意远，高亢飞龙险。甚喜未全开①，全开还缀苔。

① 亢龙有悔，盛极而衰，故云"甚喜未全开"。

2015 年 4 月 8 日于南开

春雨叹

冷暖于今唯自知，香魂不散梦犹痴。
只缘尘世皆空相，使我挥毫更作诗。

2015 年 4 月 12 日于南开

雨　后

谁家终日掩柴扉，忍见残花映落晖？
心内华枝如满月，清香盈袖不思归。

2015 年 4 月 16 日于南开

哀众花

可叹飘零又一春，匆匆未作赏花人。
何当锦帐围高树，不使狂风近四邻？

2015 年 4 月 20 日于南开

天　涯

三春行尽天涯，天涯何处为家？
莫问乡关远近，寸心一片芳华。

2015 年 5 月 7 日于南开

时将变

归云一去无踪迹，时将变兮吾将易。
好花断无十日红，孤梦常是千秋立。
骚人子，长安客，书生一介未三尺。
人间长夜竟何其？云中冉冉金乌赤。

2015 年 5 月 16 日于南开

茉　莉

为君耐得平生暑，赐我幽怀盈室香。
早识人间非净土，此心如玉即归乡。

2015 年 5 月 23 日于南开

昔日同窗毕业感怀二首

古道茫茫有月怜，得失成败信由天。
今如隔世昙花梦，笑看玄袍似海连。

一醉当年梦未醒，几回湖畔草青青。
同窗已散何时聚？夜半笙歌不忍听。

2015 年 6 月 7 日于南开

夏　雨

雨兮雨兮，潴暑无迹。
银河水兮，落于都邑。
清风其来，拂我青衿。
凭窗而望，觅我初心。
天地德兮，春秋代序。
骚人逝兮，唯留佳句。
草木何异？满院幽香。
昔之人兮，孤梦犹长？

2015 年 7 月 9 日于纽约

清平乐　松鼠

　　雾朝烟暮①，一霎流年度。犹是当时园里路，能见草中轻步。

　　风霜可易诗童？与君何日心同？辜负花生满地，枝间长尾茸茸？

① 雾朝烟暮，借吴文英《齐天乐·与冯深居登禹陵》词下阕。

2015 年 7 月 14 日于纽约

暴　雨

银汉从天来，一霎洗尘埃。
沉郁忽散去，清气入予怀。
独立东窗仁，唯见星河注。
何处盈青苔，孤客吟愁句。

2015 年 7 月 15 日于纽约

园　中

嘉彼田园，童子所居。
鲜有车马，载驰载驱。
清风徐至，拂我衣裳。
瓜果已熟，新藤已长。
嘉彼田园，陶令所钟。
宁守白玉，一世卑穷。
清风徐至，我思遗古。
昔人高节，时或能睹。

我们家后院很小，但是种了不少蔬菜和水果，如西红柿、茄子、毛瓜、丝瓜、无花果、蓝莓等，也可以勉强称为田园吧？

2015 年 7 月 17 日于纽约

夕　阳

灼灼西隤日[①]，万物被其泽。
庭树生光辉，天地含金色。
依依不忍归，应知长夜黑。
谁与执明灯，为待东溟白？

① "灼灼西隤日"，出于阮籍《咏怀》其八。

2015 年 7 月 18 日于纽约

书　怀

何人绫扇唤遥风？清气归来四野中。
西海蓬山飞玉殿，东溟白浪接仙宫。
已知凡界知音少，久别瑶池夙愿空。
天地茫茫何所有，星河杳杳或能通。

2015 年 7 月 22 日于纽约

书　怀

世事茫茫道已微，将缘松径入柴扉。
不知旧日良朋散，但觉新来双鬓稀。
青女有心降霜雪，羲和无意驻余晖。
寒江谁与泛舟楫，一叶乘风只独归。

2015 年 7 月 23 日于纽约

前　路

前路迢迢未可明，短亭何事接长亭？
青烟四处诚无异，皓月千山似有情。
墨氏久悲丝素染，孔门常待凤凰鸣。
黄河不见澄清日，万世春秋亦自行。

2015 年 7 月 24 日于纽约

念奴娇 古意

异乡孤客，正回风渐远，碧霄初霁。指点江山形胜处，唯有夕阳垂地。一霎兴亡，九州悲笑，世事凭谁记？东天皓月，凝成多少清泪。

寂寞辽鹤归来，昆仑白雪，空负平生志。玉京忍见扬尘满，换取人间名利？燕燕莺莺，熙熙攘攘，岂是乾坤意？流霞欲晓，千秋一酌同醉。

2015 年 8 月 3 日于纽约

书　怀

愿少留此灵琐兮，日忽忽而欲倾。
羲和焉能弥节兮，违天地而独行？
去俗世之灯火兮，唯诗心之明烛。
非他人之所赐兮，乃取之而无束。
路虽长而多阻兮，吾将竭力以自勉。
道虽衰而不现兮，望昔贤之未远。
俟东溟之旭日兮，将立乎昆仑之巅。
举双袂而欢颂兮，光永遍兮人间！

2015 年 8 月 3 日于纽约

书 怀

归来归来，源头水洁。
滋我幽兰，使我诗心无竭。
归来归来，诸师宏愿。
四海无异，要使兰花开遍。
归来归来，诸师华发，今已如雪！
吾其敢承？唯盛业之将成，
遂皎皎兮若沧溟之皓月！

昨日参加纽约诗画琴棋会，为吾等挂横幅，又有赠书者，感而作此。

2015 年 8 月 4 日于纽约

古 诗

露水之滴，可以穿石。
书生之力，可以兴国。
苟非其人，不守其纯。
吾行惟道，吾任惟仁。
行何难乎？岂曰无继？
厥路已平，亦无荆杞。
若无先驱，曷云有路？
焉能不速？其日将暮。

2015 年 8 月 10 日于纽约

鹊桥仙 书怀（步秦少游七夕词原韵）

　　孤帆一叶，长风万里，谁道银河难度？繁星如浪接天来，我已见、琼楼无数。

　　人间悲笑，尽成虚幻，唯有莲池归路。腾空而上过青冥，莫更待、红尘日暮。

2015 年 8 月 21 日于纽约

佳　木

　　路有佳木，其叶已黄。
　　时有佳节，其夜已凉。
　　秋风至兮，拂我衣裳。
　　夏日将逝，孰云犹长？
　　久立庭中，沐浴朝阳。
　　云外鸿雁，翻飞而翔。
　　心之忧矣，不可或忘。
　　万事皆幻，唯有无常。

2015 年 8 月 22 日于纽约

天　海

天海无穷，波涛自碧。
春秋常行，生死常易。
郁郁中庭，飞霜淅沥。
淡淡流云，玄阴来集。
朝阳虽盛，亦乘骐骥。
孤影渐长，黑夜则息。
人世悲欢，曷云有极？
愿化礁石，千秋永立。

2015 年 8 月 23 日于纽约

御街行　步范文正公词原韵

何时坠叶飘香砌？世事乱，愁肠碎。年年此恨梦中来，
犹是孑然天地。欲归无路，连云芳草，漠漠生千里。

樽前浊酒拼沉醉，却已作，诗人泪。残灯明灭照孤影，
休说高寒滋味！终宵不寐，山川尽白，皓月难回避。

2015 年 9 月 20 日于南开

中 秋

知岁岁之无月兮，又何待乎中秋？
知年年之分别兮，孰望月而增愁？
彼婵娟之皎洁兮，悬于云海之上。
虽不见而心悦兮，遂引领而遥望。
心与月其相映兮，虽无月而何妨？
心蒙尘而污浊兮，焉敢掬兮清光？
欲生翅而飞举兮，思羽化而登仙。
为吾志之未遂兮，当永羁乎人间！

2015 年 9 月 26 日于南开

山 居

浮光破幽影，鸣涧响崇阿。
夜月悬青幕，晨风拂碧萝。
云端生远思，林外发清歌。
明日归山去，丹心不可磨。

2015 年 10 月 6 日于南开

迦陵学舍落成典礼

七十春秋育众芳，凌云孤梦几经霜。
马蹄湖畔诗心托，共守莲花百世香。

南开大学迦陵学舍，是学校为迦陵师所建，集教学、科研、藏书于一体，并开辟文史资料藏室，专门陈列迦陵师带回的大量宝贵文史资料，供研究者使用。

2015 年 10 月 16 日于南开

感　怀

黄叶如金洒，碧空似海明。
西风吹罗袂，严霜下中庭。
如何岁已暮，佳节值①飘零？
流霞散成绮，安得久恃盈？
欲尽少时乐，俯仰忧怀生。
鲛人泣珠泪，千载落沧溟。

① 值，这里做"遇到"讲。

2015 年 10 月 27 日于南开

黄叶三首

黄叶又翻飞，西风何事吹？
冥冥日将暮，远客不能归。

万片随风下，萧萧不可闻。
明朝黄叶路，应是白纷纷。

碧树成荫日，回风带雪时。
人间荣与贵，岂得久如兹？

2015 年 11 月 2 日于南开

秋　阴

旧事皆无据，新声总是愁。
敢将天下志，换取稻粱谋？
四野云楼合，三川月影收。
丹心违画省，白首托沙鸥。

2015 年 11 月 6 日于南开

秋 风

卷地狂风不自哀，乾坤一刹见荣衰。
满山红叶飘飞尽，唯有梦中丛菊开。

2015 年 11 月 13 日于南开

近日读《易经》有感

圣人垂象，以示吉凶。
虽不尽意，道在其中。
后之学者，唯揣度之。
绳之以法，不可过之。
翘首远慕，想见其心。
深于研读，或闻其音。
曰若稽古，今世立则。
鉴于来者，以明明德。

2015 年 11 月 26 日于南开

有 感

江头看惯去来舟①，为爱红尘作远游。
莫笑白云千载意，不知身世自悠悠②。

① 顾随先生诗："江头看惯去来舟。"
② 崔颢《黄鹤楼》："黄鹤一去不复返，白云千载空悠悠。"

2015 年 12 月 13 日于南开

晴日二首

如今晴日亦蓬莱，不见长安锁雾霾。
手把芙蓉立阊阖，云中杳杳驭风来。

白玉无暇自有常，京城一任雾茫茫。
阴阳变换殊难料，心有明灯夜不长。

2015 年 12 月 14 日于南开

无 题

来似行云去似风，茫茫何处觅仙踪？
誓随明月千秋待，绝世芙蓉在手中。

2015 年 12 月 22 日于南开

2016 年，牛牛 18 岁习作

春 草

春草年年发，诗心岁岁同。
他人难与说，如在碧云中。

2016 年 1 月 22 日于南开

和迦陵师、沈秉和先生《迎春口号》二首

书生有志莫相疑，葵霍倾阳甘自痴。
愿得诗心如朗月，杏坛花下拜恩师。

朔风吹雪又何妨？心有灵葩梦亦香。
已觉寒中芳意早，满山桃李映初阳。

2016 年 2 月 2 日于南开

月 出

才看白日升，又看明月出。
日月交相映，年命一何促！
少壮易消磨，如今唯踯躅。
山海隔天涯，深宵徒极目。
路远莫乘风，长夜须秉烛。
兰菊有清芬，霭霭漫深谷。
君子亮自持，莺燕好相逐。
逝水任东流，无复计荣辱。

2016 年 2 月 9 日于南开

待 雪

春来何事不飞花，枉自朝朝待草芽。
仰首从今望西极，风吹白雪自天涯。

2016 年 2 月 12 日于南开

东 风

东风飒飒自天涯，阆苑群葩次第开。
莫道寒梅皆落去，月中犹有暗香来。

2016 年 2 月 13 日于南开

相逢行

凤凰胡为来西山？　天下滔滔殊未安。
美人胡为别东海？　神州不见山河改。
鼓翼腾空震九垓，　黄尘散漫飞天外。
乘风浩荡浴晨晖，　下视黄河若裳带。
孤鹏日夜终独行，　扶摇万里向南溟。
极目天海空辽阔，　哀哉谁与话云程？
今逢奇鸟来相伴，　与君酤酒饮至旦。
玉树摇摇浑欲摧，　犹言大志信非幻。
口吐珠玑好长吟，　挥毫信手在霜卷。
为君击柱且高歌，　歌声引亢惊蟾殿。
与君同是异乡人，　被褐怀玉何时现？
无奈晨光曦已微，　临行握手莫相违。
路漫漫兮诚修远，　今日扬帆至水湄。
请君收我龙泉剑，　寒光直射斗牛焰。
空挂腰间已十年，　而今重见英雄面。
孤帆白影去悠悠，　唯见长江天际流。
从今月为离人缺，　水天辽渺不胜愁。

非真相逢也，乃想象中与古人神交也。

2016 年 3 月 11 日于南开

春 阴

天地苏群物，风光日日新。
已知无润雨，还复起扬尘。
洒泪燕台上，寻春泗水滨。
朝暾虽不见，莫与小人亲。

2016 年 3 月 17 日于南开

新芽二首

新芽点点缀枝梢，喜看今朝异昨朝。
不待骄阳衔润雨，书生意气本来高。

可耐游人不细看，春分犹自待春还。
东风已发眉间绿，有酒须禁料峭寒。

2016 年 3 月 19 日于南开

玉楼春 赠海棠

春风袅娜盈香雪，万树海棠真欲发。且容枝上挂新诗^①，
好向天东迎皓月。
人生自古伤离别，一片花飞春易缺。不须盛放傲妍姿，
淡扫蛾眉临凤阙。

① 挂新诗：从 2012 年起，每年春天把描写各种花卉的诗词制成纸牌，挂在南开大学校园中盛开的花树上。

2016 年 4 月 3 日于南开

樱　花

千树樱花映晚光，伐茅盖顶傍春江。
山山如雪香风散，来往云中不觉霜。

2016 年 4 月 8 日于南开

东　风

东风何事飘零久？万世茫茫不得归。
他日还乡终老去，人间无复落花飞。

2016 年 4 月 10 日于南开

海棠落

沉香亭畔醉春风，一霎繁华曲忽终。
愿化此身为绛帐，千年无使落飞红。

2016 年 4 月 17 日于南开

残　花

无计可留枝上朵，依依残影夕阳中。
人间不合芳菲久，万誓千盟总是空。

2016 年 4 月 23 日于南开

有　感

十日花开待一年，不知窗外雪如棉。
薰风伴我香盈梦，长夏悠悠亦自闲。

2016 年 4 月 27 日于南开

立　夏

堪嗟世事随流水，落尽繁红始见阴。
漫说天时无怨喜，人间难改是诗心。

2016 年 5 月 5 日于南开

彩 笔

一世轮回常自痴，为谁彩笔作新诗？
凌云孤梦分明在，莫道人间总不知。

2016 年 5 月 16 日于南开

感 怀

诗人常做哲人思，长路漫漫任所驰。
为问心归何处去？江湖寥落一灯痴。

2016 年 7 月 2 日于纽约

园中茉莉

日日花开满院香，归来拾得奉明堂。
知君不忘当年守，执玉无暇自有常。

2016 年 7 月 6 日于纽约

忆南开茉莉

一样芳魂两地伤，清宵无复觉清香。
新家非故还需爱，净土莲池是永乡。

2016 年 7 月 6 日于纽约

赋得后院无花果

嘉彼园中果，不竞繁华日。
花叶俱凋零，独傲风霜实。
钻燧今改火，压枝垂碧石。
君子当自持，冉冉东天白。

2016 年 7 月 7 日于纽约

书　怀

秋日三行雁，春寒百尺楼。
自随天造化，肯与世沉浮。
仰首歌明月，忘机对白鸥。
高轩至幽径，门外有孤舟。

2016 年 7 月 8 日于纽约

清　风

清风徐来，长夏如秋。
阴云四盖，何处归舟？
我有庭院，花凝霜霰。
风其来斯，幽香时现。
念彼诗童，笑傲芳丛。
悠哉白日，不照残红。
雾朝烟暮，无暇我顾。
乘风为马，独行天路。

2016 年 7 月 9 日于纽约

赠茉莉

昔我归时，花香盈院。
今我住时，叶中难见。
君何故兮，未凝霜霰？
雨露不丰，朝晖不现？
彼苍者天，匪人所识。
无乃诗怀，今或有失？
为君远行，重归造化。
玉骨冰魂，白日之下。

2016 年 7 月 12 日于纽约

云二首

光影沉浮化万端，归来常似梦中看。
清风一至飘然去，天际何人起白帆？

日照风吹造化工，何人挥笔画长空？
纵然飞去无踪迹，尚有霞光在水中。

2016 年 7 月 14 日于纽约

松鼠二首

岁岁逍遥碧草中，惯看秋月与春风。
不关身外红尘事，家有诗童果自丰。

忘机相对在纱窗，共坐枝间看夕阳。
今日书生情似旧，昔时魂魄梦犹长？

2016 年 7 月 17 日于纽约

西 瓜

庭院有瓜藤，今年种始成。
天恩虽自足，人意固犹诚。
叶底光难至，果垂枝不胜。
莫教松鼠食，为汝立纲绳。

2016 年 7 月 18 日于纽约

清 风

清风一阵繁星落，散作流萤入我怀。
旧日无凭孤梦在，此心安处即蓬莱。

2016 年 7 月 19 日于纽约

十六夜对月

皓月出东岭，清辉照树间。
悠悠白云里，忽忽碧楼前。
堂上斟新酒，庭中诵古篇。
今宵应不寐，举首向遥天。

2016 年 7 月 20 日于纽约

赋得蜜蜂花上眠三首

东天挂残月，辗转绕花间。
朝来何所见，蜜蜂花上眠。

折花供佛堂，蜜蜂醉何长。
摇枝蜂未动，赤子寐朝阳。

昔卧草中花，今踏花前草。
梦醒破幽怀，不似蜜蜂好。

2016 年 7 月 27 日于纽约

赠西瓜

瓜已长兮，一日三变。
昔在叶中，今能俱见。
雨露所钟，朝阳所集。
不分昼夜，弥有稍息。
勿急勿迫，亢龙则没。
羽翼未丰，莫翔天末。
静候天时，无悲无喜。
流萤散尽，秋风自起。

2016 年 7 月 28 日于纽约

游纽约曼哈顿中央公园

爱此栖心境，风尘路未赊。
千秋海上石，五色桥边花。
碧树深还浅，幽光直复斜。
会当攀绝壁，仰首望烟霞。

此诗步唐代诗人方干《詹碏山居》原韵，用其首二句"爱此栖心静，风尘路已赊"而反其意。

2016 年 7 月 31 日于纽约

丰　收

三春园圃绿荫浓，爱觅番茄叶底红。
笑忆云中升皓月，归来满袖是香风。

2016 年 8 月 4 日于纽约

茉莉二首

日日芳苞耐暑开，清风无力蝶难来。
对君不觉天将暮，无限幽香盈案台。

暑天犹觉玉肌凉，爱拾落花置枕旁。
岁月如流心自足，共君香梦夜犹长。

2016 年 8 月 15 日于纽约

彩笔二首

生在红尘一世痴，为谁彩笔作新诗？
休言沧海无遗泪，冷暖心中唯自知。

月明独倚水边楼，画出人间五色愁。
银汉茫茫接地白，一支彩笔作归舟。

2016 年 8 月 23 日于纽约

茉莉花落二首

夜静闻花落，风吹满地芳。
明朝颜色故，今夜为谁香？

客子持香瓣，随风行四方。
月明花自落，千里待清光。

2016 年 8 月 28 日于纽约

清 夜

清夜谁闻落瓣香？孤灯明灭照微光。
何时天末凉风起，皓月庭中若降霜。

2016 年 8 月 28 日于纽约

孤 帆

今朝过日边，云里一帆悬。
为至瑶池下，常行浊浪间。
乘舟应万里，去国已三年。
几度星河起，风吹霞满天。

2016 年 8 月 29 日于纽约

感 怀

此身非属我，挥笔为何人？
但教诗心在，经冬复历春。①

① "经冬复历春"，借用宋之问《渡汉江》第二句。

2016 年 8 月 30 日于纽约

第二部分　毛毛习作

2008 年，毛毛在纽约家附近早上散步时写诗

初 学 写 诗

2008 年，牛牛、毛毛在纽约家后院

2005 年，毛毛 5 岁习作

风　时

树上小鸟叽叽喳，清风出来树西斜。
卧乘风吹我学诗，花儿笑脸看不见。

2005 年 7 月 28 日于纽约

秋　雨

秋雨红叶落，黄花入秋池。
落叶惊晴风，浅水月霜寒。

2005 年 11 月 9 日于纽约

2006 年，毛毛 6 岁习作

云

阴去生残晖，晴来剪成片。
白云仙人衣，飞入天空闲。

2006 年 6 月 2 日于纽约

生　日

生日一来就七岁，今年将比去年新。
学习中文时不多，时时都是值千金。

2006 年 12 月 27 日于纽约

2007 年，毛毛 7 岁习作

茉　莉

园里小南强，茉莉送夕阳。
雪瓣白如玉，世上第一香。

2007 年 7 月 14 日于纽约

湖　边

湖边小秋千，莲花水上闲。
晓日每天有，水里是蓝天。

2007 年 7 月 23 日于纽约

池　边

池塘有莲花，水底有青蛙。
湖边荡秋千，水面有小鸭。

2007 年 7 月 23 日于纽约

月　牙

今夜出新月，月牙挂在空。
何时明月满，秋夜有凉风。

2007 年 9 月 13 日于纽约

菊　花

今秋菊花开，香气飞入空。
园中几十朵，入我夜梦中。

2007 年 11 月 3 日于纽约

黄秋叶

一入园子不见春，花叶快落树半空。
飞入天空不下来，最后落在花园中。

2007 年 11 月 18 日于纽约

2008 年，毛毛 8 岁习作

春　来

红花绿叶满院香，春风入夜青草寒。
小鸟枝上梳毛羽，书童知春窗里看。

2008 年 4 月 13 日于纽约

落　樱

晚春樱花已盛开，风雨无情昨夜来。
今朝伤心樱花落，红点花瓣飞青苔。

2008 年 4 月 27 日于纽约

阴　云

阴云朦胧狂风吹，昨夜暴雨今夜雷。
玫瑰花垂雨点重，抬头望天见云黑。

2008 年 6 月 5 日于纽约

夏日来

夏日来时春景去，满空飞鸟草已绿。
不见春花处处寻，树叶风中如碧玉。

2008 年 6 月 8 日于纽约

秋　来

秋来叶深红，风吹数枝空。
仰望蓝天上，几叶飘云中。

2008 年 9 月 1 日于纽约

秋　菊

黄花园中放，霜冷露下红。
枝叶随风舞，菊香雾朦胧。

2008 年 10 月 21 日于纽约

残　秋

云雾秋风冷，叶落万枝空。
寒香晚艳染，霜下几点红。

2008 年 11 月 8 日于纽约

残　日

天红日已夕，菊花绕东篱。
一行秋雁起，落叶入流溪。

2008 年 11 月 10 日于纽约

窗外秋景

树上满寒霜，黄花处处香。
蓝天晴万里，光照北楼窗。

2008 年 11 月 11 日于纽约

秋日霜满路

秋日霜满路，大雁在何处？
晨来行人少，树中黄无数。

2008 年 11 月 11 日于纽约

秋之菊

菊丛漠漠弄秋风，几点露下花朵红。
香冷风寒下细雨，行人路旁见数丛。

2008 年 11 月 21 日于纽约

落　日

风似画笔云始红，寒霜日日爱此工。
露似雨滴处处是，九华香入菊花风。

2008 年 11 月 22 日于纽约

夜 雪

处处一片白，看似梅花开。
小童始见时，觉是蝶又来。

2008 年 12 月 17 日于纽约

2009 年，在去惠斯勒 (Whistler) 旅游的途中，迦陵师与毛毛在看书

初 习 诗 律

2010 年，毛毛在纽约植物园

2009 年，毛毛 9 岁习作

松与梅

梅香花红绕墙开，风吹几朵落阳台。
天寒雪下松犹绿，冬里不必等春来。

2009 年 1 月 3 日于纽约

晴 日

日照枝中花弄影，天蓝云白万山晴。
飞来红鸟落窗外，一片芳菲金地丁。

2009 年 7 月 15 日于温哥华

与狗湖边玩

昨日碧水边，小童心正闲。
见狗与狗乐，今夜笑染眠。

　　我们第二次去温哥华的时候，跟迦陵师和施老师，还有其他的奶奶和阿姨，一共 9 个人，到 Whistler（惠斯勒）旅游。在一个非常美丽的湖边，我们看到一只狗，跟它玩了很久……

2009 年 7 月 21 日于温哥华

四　季

春来花艳风吹落，夏日树阴玫瑰红。
大雁秋时又飞去，冬寒雪霰满晨空。

2009 年 8 月 14 日于温哥华

中秋月

今夜月如霜，涟漪碎冷光。
桂华梦中见，流影入寒窗。

2009 年 10 月 3 日于纽约

蟹爪兰

如云染紫带微红，玉叶轻摇耐冷风。
仙女应淋香露水，人人赏爱此花丛。

2009 年 11 月 24 日于纽约

银叶海棠

这是家里书房桌子上的银叶海棠，叶子上面有很多银色的点点。

翠叶银斑盆里栽，虽冬难改此花开。
小童昨夜梦中见，化作东风蝴蝶来。

2009 年 11 月 26 日于纽约

2010 年，毛毛 10 岁习作

雨中春色

仙池淋嫩草，洗淡早花红。
遥想天边处，疑藏管雨龙。

2010 年 3 月 22 日于纽约

水　仙

早露光中静，清香乘雾来。
琴高①园里现，暗笑独先开。

① 琴高是水仙的别名。

2010 年 4 月 5 日于纽约

夏 雨

夏雨打书窗，风轻满小房。
林中枝已净，楼外柳丝长。

2010 年 6 月 22 日于纽约

阴 云

如烟随夏风，处处蔽青空。
云散童心喜，欲迎山寺钟。

2010 年 6 月 26 日于纽约

日月行

秋来新月照寒空，夜夜星光伴晚风。
愿待金乌①山外起，喜看远处满天红。

① "金乌"是太阳的别名。

2010 年 11 月 27 日于纽约

2011 年，毛毛 11 岁习作

湖 边

碧波细浪随光去，寒日凄凄未觉哀。
犹忆春风金柳嫩，湖边独坐待花开。

2011 年 3 月 5 日于纽约

栀子花

白雪润仙朵，妙香长夏时。
露垂霜瓣润，月照映纤枝。

2011 年 7 月 9 日于纽约

谢师恩

2011 年 8 月 1 日，纽约"诗画琴棋会"为姐姐去南开大学读书，开了一个欢送会。很多已经满头白发的老师，来为姐姐赠诗祝福。观此有感而发。

金日落于青水兮，叹夜影之来临。
初月隐于云间兮，何敢与星共明？
童谢师之赠言兮，欲求道而相随。
愿皓月之东升兮，转夜影为光辉。

2011 年 8 月 2 日于纽约

谢广州爷爷奶奶

明日欲去南开兮，莲朵已开池中。
路犹远于苍天兮，晨曦始于天东。
多年依师之教兮，路始之而不停。
因知夜落之时兮，犹有微月之光明。

广州爷爷奶奶是我的外祖父母。

2011 年 8 月 16 日于纽约

秋夜雨

朦胧秋雨落，几树坠枝空。
明月无人见，蝉声入晚风。

2011 年 9 月 5 日于南开

金 秋

紫菊盛开窗前兮，不闻故乡金桂。
寒风吹云散去兮，枝中树叶已坠。

2011 年 10 月 7 日于南开

无 题

万里长空何处尽？倚栏独立问苍天。
梧桐渐老芙蓉落，明月清光入我眠。

2011 年 10 月 16 日于南开

秋　寒

芳菲飘去树枝空，露染苍苔月似弓。
万里云山金日起，雁飞残雾满天东。

2011 年 11 月 4 日于南开

晨

黄叶乱飞迟，晨光照满枝。
寒风吹不尽，是否过秋时？

2011 年 11 月 7 日于南开

桂　花

桂枝香满路，银朵院中开。
雨落花犹在，清香乘雾来。

2011 年 11 月 14 日于南开

出行者

出行无所念，路远越重山。
人世本存恶，心清不觉寒。

2011 年 11 月 14 日于南开

清晨念秋

露去寒霜遍，雁离何日归？
今来秋已暮，晚菊路边垂。

2011 年 11 月 23 日于南开

晚　秋

碧天连绿水，秋晚叶翻飞。
昨夜芳菲去，春花何日归。

2011 年 11 月 27 日于南开

松

月下寒枝犹碧绿，四时不变夏如冬。
梦中细叶云烟处，惟有松香入朔风。

2011 年 12 月 9 日晚饭后 5 分钟急就于南开

月　光

树枝临夜空，惟见舞寒风。
云散无人见，清晖照冷冬。

2011 年 12 月 14 日于南开

2012 年，毛毛 12 岁习作

雪

天界晚春花雨，银砾①飞上窗台。
遥看琼枝满树，片片如羽飘来。

① "银砾"是雪的别称。

2012 年 1 月 7 日于南开

归 乡

半年已去未归还，坐待窗前天始蓝。
万里远行心亦念，蘋城不到不能安。

2012 年 1 月 16 日于南开

梦中幽兰

清烟缭绕远林间，云朵飘零独自闲。
四季兰开人寂处，此花今夜入童眠。

2012 年 2 月 19 日于南开

大　雨

雨似江涛风似歌，银光闪烁满清波。
何人天境壶觞落，点点云中坠暮河。

2012 年 4 月 25 日于南开

月季花

朵朵新开弄晚霞，浓香飘散入人家。
春归应觉芳菲尽，风起窗中望落花。

2012 年 5 月 10 日于南开

夏 夜

夕阳天外尽，深影入烟舟。
明月乌云蔽，何人今夜愁？

2012 年 5 月 29 日于南开

南开校园马蹄湖荷花

人说马蹄荷朵艳，今晨踏露觅花来。
淡红洁白清波里，一阵幽香入我怀。

2012 年 7 月 1 日于南开

纽约庄严寺

碧天如水青山上，金日光芒白雾间。
回望清池思远路，观音尊像绿波边。

2012 年 7 月 17 日于纽约

秋日景色

空山碧水两相连，倒影似停古画前。
遥望紫烟金日起，一枝秋叶入青天。

2012 年 10 月 4 日于南开

无 题

寒云无语满苍天，人世无情亦自眠。
何日桂枝终落了，独观沧海变桑田。

2012 年 10 月 27 日于南开

秋雨后观菊

春日落花秋落叶，霜枝无语奈西风。
丛前雏菊皆安睡，寒雨萧萧满地红。

2012 年 11 月 3 日于南开

丹　枫

万物凋零几夜间，丹枫铺地落霜天。
可怜夏日如流水，寒雪纷纷又一年。

2012 年 11 月 15 日于南开

2016 年，毛毛在南开大学敬业广场

初 登 诗 门

2016 年，牛牛、毛毛在迦陵学舍上课

2013 年，毛毛 13 岁习作

冬 晚

梅枝残雪下，枯草带轻烟。
云影日初落，寒林未有边。

2013 年 1 月 9 日于南开

早春有感

翠叶枝中待晓风，苍天云散早花红。
何人夜里带香去，馥郁今晨散满空。

2013 年 4 月 8 日于南开

春 梦

春风吹起梦天涯，朵朵芳菲映早霞。
湖岸香浓蝶似醉，亭中游客饮花茶。

2013 年 4 月 9 日于南开

海 棠

满树海棠映晚霞，幽香阵阵入人家。
夜深只恐风吹去，明日庭中满地花。

2013 年 4 月 29 日于南开

探春有感

东风不住到天涯，千古漂游亦带花。
日月相随诗句足，人间何处可为家。

2013 年 5 月 1 日于南开

步韵一首　夜雨忆迦陵师

求师来往在天涯，花草樊城亦可嘉。
梦绕荷塘觅诗句，暑天新雨忆莲华。

　　2013 年 4 月 21 日，迦陵师从温哥华寄来一首《清明唱和诗》，有很多人和诗，我也和了一首，但是最后一句没有用原韵"茶"。

2013 年 5 月 5 日于南开

荷　花

云影孤行遍天涯，观赏人间亦可嘉。
春去花残藕叶绿，荷塘风雨育莲华。

2013 年 5 月 20 日于南开

荷

微风摇绿叶①，清露隐花红。
莲朵弄明月，银光碎水中。

① 化自沈约《咏芙蓉》的"微风摇紫叶"。

2013 年 6 月 24 日于南开

敬祝迦陵师八十九岁生日快乐

恩师传道遍天涯，盛会京华诗亦嘉。
正值荷花香满岸，立如松柏映朝霞。

2013 年 7 月 7 日于北京

思　春

林中清净土，无语望斜晖。
众鸟有巢宿，东风何处归。

2013 年 7 月 30 日于南开

游　人

高飞寻尽天涯，攀登遥望云霞。
林木无边相靠，游人何处为家。

2013 年 8 月 8 日于南开

游　记

夜中枕上梦京华，北斗星河远看嘉。
流水不知终到处，登山遥望见朝霞。

2013 年 8 月 14 日于南开

早秋闲行

朝去荷塘花已尽，夜归气爽望高天。
千年人世留何物，但见清风碧水间。

2013 年 8 月 28 日于南开

早秋有感

风雨凄凄寒雁哀，悠悠长道独归来。
盛衰难预何人识，万物凋零秋菊开。

2013 年 9 月 3 日于南开

中秋寄远

云间明月映波中，羌笛悠悠入远空。
两地相望何日见？桂花芳意满凉风。

2013 年 9 月 19 日于南开

窗外花

万花衰落后，此朵耐寒开。
未有芳香至，犹随梦境来。

2013 年 9 月 21 日于南开

早秋忆夏

遥忆荷塘思旧日，夜来仰望月犹明。
秋风萧瑟青山远，万物飘零亦有情。

2013 年 9 月 30 日于南开

登　高

千层寒壁映朝霞，霜叶满林红似花。
万里登高云影外，不知何处是天涯。

2013 年 10 月 7 日于南开

咏　秋

落日映枝寒夜归，西风萧瑟雁南飞。
无情万物皆憔悴，惟有春秋依次回。

2013 年 10 月 10 日于南开

秋　思

千年明月亦萧然，游子孤吟秋夜寒。
回首遥看思故国，欲归犹隔万重山。

2013 年 10 月 13 日于南开

秋　夜①

芳菲无语渐憔悴，月露谁教桂叶香。②
失路游人何所念，西风萧瑟夜犹长。

① 这是迦陵师课堂布置的功课，要求学生们借用李商隐的一句诗或者意
　思，自己再作。
② "月露谁教桂叶香"是李商隐《无题》里的句子："重帏深下莫愁堂，卧
　后清宵细细长。神女生涯元是梦，小姑居处本无郎。风波不信菱枝弱，
　月露谁教桂叶香。直道相思了无益，未妨惆怅是清狂。"

2013 年 10 月 23 日于南开

望月有怀

夜来星始现，点点似流萤。
月上玉宫冷，人间灯火明。

2013 年 11 月 3 日于南开

2014 年，毛毛 14 岁习作

二月二龙抬头

烟花开满空，残光雪上红。
举杯遥望登山处，笛歌潇洒入寒风。

2014 年 3 月 2 日于南开

沧　海

沧海无边际，江山亦有期。
云轻白日落，枯叶入流溪。

2014 年 3 月 14 日于南开

河边杨柳

纤枝细叶坠河旁，雨水露滋育柳长。
欲与和风同起舞，清晨烟雾白茫茫。

2014 年 4 月 8 日于南开

敬祝迦陵恩师九十华诞

来往东西锦绣传，人间几度秋霜寒，景行行止仰高山。
园林风雨他乡梦，菡萏幽香谁与共？月照荷塘诗句诵。
五年寒暑求师路，曾在樊城蒙雨露，使我登高云海处。
今朝阆苑春风还，将进酒兮杯莫干，长拜恩师立杏坛。

2014 年 4 月 26 日于南开

雨后远山

雨停云散净长空，万里蓝天惟有风。
白日金光临四海，千山隐隐紫烟中。

2014 年 6 月 5 日于南开

夏　梦

云丝枝上坠，轻朵散晨晖。
朝露残花里，幽香梦境归。

2014 年 7 月 14 日于纽约

青 天

青天无尽，宇宙升晖。
万里长路，白日可追。
追之不得，仰首独悲。
茫茫尘世，何处心归。

2014 年 7 月 27 日于纽约

天 书

碧水近青天，远山失雾间。
何人翻卷晚，几处洒诗篇。

2014 年 8 月 9 日于纽约

茉 莉

寂寂无声清夜间，朝开暮剪献佛前。
自留一朵书卷里，愿以幽香伴圣贤。

"佛"和"卷"不合平仄，但现在还没想出更好的替代的字。

2014 年 8 月 20 日于纽约

秋夜望月

明月青山外，寒光照树间。
风高天亦冷，霜霰落窗前。

2014 年 9 月 19 日于南开

月　下

风吹枯草夜犹长，野菊盛开小路旁。
月影不知何处有，流银满地白茫茫。

2014 年 11 月 7 日于南开

早　禽

霏霏烟雨落窗台，昨夜西风唤菊开。
禽鸟不知晨未到，高飞城上送歌来。

2014 年 11 月 11 日于南开

月下江行

明月半悬空，花残一夜中。
孤舟迎水去，江上雾朦胧。

2014 年 12 月 9 日于南开

远　行

枯叶随风散，游人独自归。
千山没行迹，万里莫伤悲。

2014 年 12 月 16 日于南开

冬日观雪有怀

明月照空山，冬来世境寒。
何人觅春去，衣上白花沾。

2014 年 12 月 18 日于南开

登 楼

登楼尘世远，应似上青天。
回首重云外，孤城海浪边。

2014 年 12 月 19 日于南开

落 日

青山万里无穷路，落日余晖未肯消。
世上浮华终散去，独观沧海月轮高。

2014 年 12 月 21 日于南开

银 河

星光灿烂月明稀，万点浮光耀眼迷。
欲入夜空寻梦境，银河浩瀚聚还离。

2014 年 12 月 25 日于南开

2015 年，毛毛 15 岁习作

雏 菊

雏菊孤山上，淡烟疏雨中。
客行空路远，惆怅古今同。

2015 年 1 月 27 日于南开

乡 思

云影徘徊南院里，枯枝扶月上寒空。
坐看一夜烛光舞，几处乡思灯火中。

2015 年 1 月 28 日于南开

早 春

静静云皆散，碧空万里晴。
不知垂柳下，草色已青青。

2015 年 2 月 11 日于南开

雪后感怀

白雪翻飞夜路中，飘零遍地满寒空。
树枝银叶无人赏，渐似残花入晚风。

2015 年 2 月 22 日于纽约

碧　海

碧海波涛涌不停，浪花拍岸白沙明。
仰观宇宙无穷尽，谁与人间度有情？

2015 年 3 月 23 日于南开

晚春落花

夜里遥闻窗外雨，梦中唯有一枝花。
今晨何事风吹落，空忆残香入万家。

2015 年 4 月 11 日于南开

秋夜寒

西风吹叶去，秋月伴秋蝉。
昨夜流光冷，眠中犹觉寒。

2015 年 10 月 31 日于南开

日照之雨

白日照空犹落雨，独行石径踏青苔。
飘游未有栖身处，山顶遥观归雁来。

2015 年 6 月 25 日于南开

出 行

随夏离城去，别情似水深。
秋来同见月，共念远乡人。

2015 年 8 月 27 日于纽约

敬祝迦陵师教学七十年

绿水白莲独自芳，天涯留梦耐寒霜。
今来共聚荷塘畔，心火点明万世光。

2015 年 10 月 16 日于南开

年末有感

夕阳化去残霞外，遥望星辰爱晚空。
半夜无声人睡后，赏观明月小园中。

2015 年 12 月 27 日于南开

2016 年，毛毛 16 岁习作

忆故园庭树

离去夏初末，归来春已终。
犹忆园中树，几年未见红。

2016 年 1 月 4 日于南开

冬 怀

寒空万里卷风来，白雪纷飞松绿衰。
北望沉云吞牖户，远山梅坠又谁哀？

2016 年 1 月 17 日于南开

远 行

远行何处不堪疑，唯有星辰伴自痴。
满院春花车马静，玉枝帘下谢尊师。

2016 年 1 月 31 日于南开

奉和迦陵师、沈先生《迎春口号》二首

世事轮回何惧妨，千年月桂梦中香。
空山寂寞沧江冷，自有春芳待艳阳。

乘风过海不须疑，苦觅骚魂梦自痴。
常忆园中新柳嫩，雨中举伞①侍尊师。

① "雨中举伞" 指在温哥华时下雨了，我和姐姐轮流为迦陵师撑伞。

2016 年 2 月 2 日于南开